AF150692

Anja Ziegenbein

DA DRIN UND SOMIT AUCH DA DRAUSSEN

novum pro

Dieses Buch ist auch als
e-book
erhältlich.

www.novumverlag.com

Bibliografische Information
der Deutschen Nationalbibliothek:

Die Deutsche Nationalbibliothek
verzeichnet diese Publikation in
der Deutschen Nationalbibliografie.
Detaillierte bibliografische Daten
sind im Internet über
http://www.d-nb.de abrufbar.

Gedruckt in der Europäischen Union
auf umweltfreundlichem, chlor- und
säurefrei gebleichtem Papier.

© 2024 novum Verlag

ISBN 978-3-99146-867-7
Lektorat: A. Blumer
Umschlagabbildung:
Marvin Hendrik Ziegenbein
Umschlaggestaltung, Layout & Satz:
novum Verlag

www.novumverlag.com

Druckprodukt mit finanziellem
Klimabeitrag
ClimatePartner.com/16547-2311-1001

„Die Zeit gleicht einem Garten.
Warum nicht in die Beete der Vergangenheit
neue Ereignisse für Trost und Hoffnung pflanzen?"

Esier Essorg

– 1 –

„Das passiert nur im Kopf." Mein Entsetzen über diese Aussage musste mir in dem Moment, als ich der Psychotherapeutin mir gegenüber in die Augen blicke, förmlich aus dem Gesicht springen. Bis eben waren wir beide in meine Schilderungen vertieft. Sie hörte zu, machte Notizen, schaute kurz auf und gab kleinere Bemerkungen bei. Und ich erzählte, während mein Blickfeld hinter ihr auf die leere weiße Wand gerichtet blieb, auf der sich wie auf einer Kinoleinwand Episoden eines Wach- und Traumgemisch-Erlebens letzter Jahre als Erinnerungen abspielten, beschränkt auf das, was ich einer Fremden gegenüber preisgeben konnte. Alles nur, um eine Erklärung zu finden, eine Erklärung dafür, wie ich es bis hierher auf diesen Stuhl schaffen konnte. „Ja, das spielt sich alles im Gehirn ab", wiederholte sie ihre Aussage nun noch etwas präziser, nur für den Fall, dass ich nicht verstand, was sie damit meinte. Ihre Stimme nahm dabei den wissenden, zweifelsfreien Ton einer Erziehungsberechtigten an, mit dem man kindlichen Ängsten begegnet oder eben meinem dargestellten Dilemma, welches, als ein Hirngespinst entlarvt, durch nichts anderes als Einbildungen entstand.

Oder war jetzt vielleicht ein Punkt erreicht, an dem die klaren Abgrenzungen der einzig wahren Realität ihrer Überzeugung von mir überschritten wurden? Aber das war es nicht, was mich entsetzte. Vielmehr fand ich den Gedanken an sich fürchterlich, dass alles, was sich „abspielt", seinen Platz im Gehirn haben soll. Und wie hart muss es sein, mit solch einer Erkenntnis leben zu müssen? Vor allem, wenn man bedenkt, dass das Wahrnehmungs- und Denkorgan eine begrenzte Lebensdauer hat. Und warum sollen die Gespinste, die das menschliche Gehirn hervorbringt, in dessen Hüllen als unwahr eingeschlossen bleiben? Und warum soll zu der Arbeitsweise dieses wundersamen, komplexen Hirns, zu vielerlei imstande, nicht auch gehören, Vorgänge außerhalb der unseren, als einzige Wahrheit angenommenen Realität zu empfangen?

Jedenfalls hätte mir diese Aussage, mit der das Unerklärliche in eine Ursache gepfropft wurde, um es erklärbar zu machen, mit einem Schlag Sicherheit zurückbringen können, wenn meine störrische Denkweise in diesem Punkt nicht so verdammt großzügig wäre und anderen Welten durchaus einen Platz über, unter, neben, inmitten der unseren zugestehen würde. Es hätte mir helfen können, alles auf ein Organ zu schieben. Mein Gehirn, der Gaukler und Entführer mit seinen mysteriösen Windungen! Doch diese Sichtweise fühlte sich weder rational noch vernünftig an. Vielmehr, als würde man sich selbst etwas vormachen, als würde man die Hände vor die Augen halten, um unsichtbar zu sein.

Also, was glaubte meine Therapeutin, was passieren würde, wenn der alternde Kopf mit dem Gehirn darin stirbt? Käme dann das große wissenschaftliche Nichts, aus dem wir geboren wurden? Mich fröstelte ihre Antwort, bevor ich sie überhaupt zu hören bekam. Aber eigentlich wollte ich an solchen Fäden nicht mehr weiterspinnen. Natürlich könnte ein philosophischer Austausch durchaus unterhaltsam und spannend werden, doch in meinem derzeitigen Zustand tat es mir einfach nicht gut.

Ich bin nicht hier, um Anstöße zu Glaubensdiskussionen zu geben. Deshalb erwidere ich nichts, bleibe stumm, und doch formuliert mein unbeugsames widerspenstiges Gehirn noch einen Gedanken: Was haben wir beide, meine Psychotherapeutin und ich, doch für ein großes Glück, dass sich, entgegen und unabhängig der Denkweisen oder Wissensannahmen, auch Unerwartetes erfüllen kann.

Ganz offensichtlich haben wir sehr unterschiedliche Betrachtungs- oder ihrerseits auch Erklärungsweisen. Wobei ich mich, für meinen Teil, hier herausnehmen muss. Ich kann nichts erklären. Allerdings ist mir der letzte Gedankensprung es wert, einer Sache in dieser Angelegenheit noch Ausdruck zu verleihen: „Ich akzeptiere andere Glaubens- und Denkweisen." So viel erlaube ich mir zur Kopfsache laut auszusprechen. Und leise hoffe ich, dass vielen Menschen auf dieser Welt recht bald gelingen möge, was meiner Therapeutin und mir im nächsten stillen

Moment glückte. In unserer beider Toleranz finden wir einen gemeinsamen Nenner. Sie belässt es bei dieser einen Aussage, beharrt nicht auf Argumenten und bringt auch keine wissenschaftlichen Erkenntnisse hervor, und ich schaue, wie es hinter ihr an der Wand weitergeht. Tauchen dort „surreale" Erlebnisse auf, in die ich durch meine Einfalt verstrickt wurde, lasse ich sie weiterziehen und beschränke mich auf einen Grenzbericht. Somit verhalten wir uns beide so, wie die Antwort auf die Frage, warum wir uns hier gegenübersitzen, es erfordert. Sie bleibt ihrem heilungsversprechendem, therapeutischem Konzept, welches hauptsächlich aus seitenweise umfangreichen Notizen besteht, weiterhin treu und ich betrachte diese Sitzungen als notwendiges Selbstgespräch auf der Suche nach dem Weg aus meinem derzeit andauernden, innerlichen Albtraum.

Um auf dem Boden unserer Realität verhaftet zu bleiben, wird man mit psychischen Beschwerden zu einem Therapeuten geschickt. Zwar kommt man nicht um dieses zusätzlich beklemmende Gefühl herum, welches in diesem Raum entsteht, der geschaffen wurde, um tiefe Seelenwunden freizulegen. Aber das gehört nun mal zu der medizinischen Maschinerie, die es bei einer „mittelschweren Depressionsepisode" zu durchlaufen gilt. Eine Diagnose, die mir vor einigen Wochen nach einem kurzen Gespräch mit einer Psychologin attestiert wurde.

„Mittelschwer" vermutlich, weil ich eine gepflegte äußere Erscheinung bot, so stand es zumindest in ihrem Bericht, der allerdings nicht für meine Augen verfasst wurde, auf den ich, während sie schrieb, dennoch einen Seitenblick erhaschen konnte. „Depression", weil etliche Symptome darauf schließen ließen. Und „Episode", so hoffte ich jedenfalls, weil dieser Abschnitt vorübergehen würde. Die Ärztin war sehr nett, denn sie erklärte mir, dass mein permanenter Unruhezustand, die Panikattacken und Schlaflosigkeit Anzeichen für eine Depression seien. Die letzten Wochen, die ich wie ein gehetztes Tier auf der Flucht verbrachte, mündeten, nun versehen mit einer offiziell anerkannten Diagnose, in den allgemeinen Vorgehensmustern der wissenschaftlichen Medizin und konnten zumindest dort erst einmal Behandlung finden. Anfänglich wurde für meinen Zustand eine stationäre Behandlung mittels Psychopharmaka mit anschließender Psychotherapie erwogen. Hinter dieser Prozedur, all diesen Psychowörtern, verbarg sich für mich jedoch die Horrorvorstellung, im legal beaufsichtigtem Drogenrausch, äußerlich ruhiggestellt und innerlich meiner Gegenwehr, meiner Kräfte beraubt, gebrochen, getötet und anschließend entblößt zerfleischt zu werden.

Auch wenn ich an einem Punkt angelangt war, an dem dringend etwas passieren musste, und auch wenn ich keinerlei praktische Erfahrungen mit solchen Medikamenten besaß, irgendetwas sagte mir, die Umgebung einer psychiatrischen Station, und vor allem Psychopharmaka, würden es für mich nur noch schlimmer machen. Deshalb war ich doch etwas erleichtert, als mir die Ärztin freundlicherweise die Entscheidung, an solch einer Behandlungsvariante teilzunehmen, selbst überließ. Auch ließ sie sich, wenn auch sehr skeptisch, darauf ein, dass ich es erst einmal mit sanfteren, natürlichen Mitteln versuchen wollte. So wurde ich mit einer ordentlichen Dosis Johanniskraut, so wie ich es wollte, und für den Notfall Tabletten, die dem Körper Ruhe verschaffen konnten, wie die Ärztin es wollte, für die Psychotherapie zum „lebendigen Entblößen" frei gegeben. Von einer stationären Behandlung wurde vorerst abgesehen. Was konnte sie auch sonst nach den zehn Minuten, die wir in ihrer Praxis zur Verfügung hatten, tun? Um mich und mein Lebensumfeld kennenzulernen, war das Wartezimmer einfach zu voll. In meiner aussichtslosen Lage nahm ich ehrlich dankbar an, was diese – meine – Realität hierfür derzeit zu bieten hatte und stellte plötzlich fest, dass ich völlig allein in dieser Misere steckte. Aber ich verließ die Arztpraxis mit noch etwas anderem als hängenden Schultern. Einem Hauch, der sich kaum Erstaunen nennen darf, jedoch aus der Richtung kam: Ich konnte immer noch Entscheidungen treffen! Und immerhin wollte ich etwas: zurück zu einer gesunden Seele, raus aus diesen unerträglichen, qualvollen Zuständen. Von mir aus, nennt es Depressionen. Mir war eigentlich relativ egal, wie es benannt wurde. Ich wollte da raus! Mein Innenleben, das feine Geflecht des umfangreichen Repertoires aus hohen bis tiefen Stimmungen, die die Töne meiner Gefühlswelt erzeugen, war verschwunden. Das einzige, das ich in letzter Zeit intensiv empfinden konnte, war Panik und ein wellen- oder strahlenartiges Etwas, das mit Worten kaum zu beschreiben ist, mich jedoch in regelmäßigen Abständen mit seinem Bombardement heimsuchte. Darin wie in einer Blase gefangen, isoliert von jeglichen Arten emotionaler Windungen und Bindungen, wusste ich jedoch noch, wie stark sie einmal vorhanden waren und dass ich sie brauchte, wie eine Pflanze neben anderen Komponenten das Licht zum Leben. Es quälte mich, war mir fremd und machte mir große Angst. Ich war in etwas hineingeraten, was mich von inneren lebensnotwendigen, wesentlichen Organen abkapselte. Organe, die wie der Wind unsichtbar durch uns hindurchwehen und dennoch ihre realistische Anerkennung in dieser Welt genießen. Gefühle. Nie hatte ich die Absicht, so taub zu werden, was mich jedoch von der Eigenverantwortung nicht befreien dürfte. Doch es gab etwas, das mit mir dort in Einzelhaft festsaß, etwas, das sich entweder mit hineingeschmuggelt hatte oder sich nicht abkapseln ließ und von dem ich bisher nicht wusste, dass ich es überhaupt in dieser Intensität besaß. Ein seltsam starker Wille, für den jedes Kratzen an Mauern der Versuch wert war.

Ich wollte am Leben beteiligt bleiben. Auch wenn ich es nicht spüren konnte, wusste ich zumindest, dass ich diese Welt liebte und diese Welt mich. Und da gab es noch eine Sache, die immer ging. Das Wünschen! Ich wünschte mir einfache, winzig kleine Gefühlsregungen und in den Nächten erholsamen, gesunden Schlaf. Das wäre schon was! Das Höchste, das größte Glück jedoch, wäre wieder etwas von der Lust gezwickt zu werden. Lust aufs Leben, auf das Alltägliche, auf das Morgen und auf diese Welt im Hier und Jetzt.

„Sie sehen traurig aus." Ja genau. Gut, dass meine Therapeutin meinen Gedankengängen just in diesem Moment noch hinzufügt, was mich manchmal sehr lange begleitet und nun offensichtlich zeichnet. Eine tiefe, große, innere Traurigkeit. Vielleicht ein kleiner Fortschritt?

„Was denken Sie?", fragt sie in mein versunkenes Schweigen hinein. Holt meine Aufmerksamkeit und die Sinne zurück auf diesen Stuhl. Die losgelöste Verschwommenheit des Raumes und in ihr die Konturen des Gesichts der mir gegenübersitzenden Person nehmen wieder Schärfe an. Gern verrate ich ihr meinen letzten Gedanken, der unter seiner Oberfläche des Wohnortes die Sehnsucht wie die Vielschichtigkeit einer Zwiebel besitzt: „Ich will nach Hause."

– 2 –

Rücke den mit Moos patinierten Pflanzenkübel auf dem Treppenpodest am Hauseingang ein kleines Stück nach rechts. Sehr zufrieden betrachte ich den wilden, grünen Blätterwuchs, aus dessen Krone faustgroße, saftige dunkelrote Blüten hervorstechen. Auch wenn der Platzwechsel nur Zentimeter ausmacht, genau hier an dieser Stelle muss sie jetzt in ihrer üppigen Phase stehen, hier wirkt sie perfekt. Ein Duftwölkchen hat sich beim Verrücken gelöst und ich nehme einen tiefen Atemzug davon. „Genau so riecht Geranie." Ihr Duft beinhaltet all meine Melancholie – wie seltsam sich das anfühlt.

Obwohl ich diese Pflanze nie mochte – zumindest hatte ich nie das Bedürfnis, meiner Umgebung ein Exemplar dieser allgemein beliebten Jedermanns-Balkonblumen hinzuzufügen – gehörte jetzt zu mir, was da wuchs und ausströmte. Ihre tröstenden Eigenschaften waren es, die sie mir in diesem Sommer sympathisch machten. Keine Ahnung, woher plötzlich eine Geranie in mein Leben kam. Irgendwie war sie nicht der Entrümpelung des letzten Umzugs zum Opfer gefallen und irgendwie hatte sie es geschafft, in den dunklen Gefilden ihres Winterkellerquartiers, wo sie eigentlich nur des Blumentopfes wegen landete, ohne Wasser zu überleben. Als wir uns dort im Frühjahr wieder begegneten, bot sie einen jämmerlichen Anblick. Mehr aus Respekt, da sie es unter diesen barbarischen Umständen erreicht hatte, einen winzigen, saftig grünen Ansatz für Blätter zu bilden, stellte ich sie hinters Haus. Sie bekam einen schattigen, zugigen Platz und keinerlei Aufmerksamkeit mehr. Nicht, weil ich ein Blumenquäler bin, nein, im Gegenteil, aber ihr jämmerlicher Anblick war ein Fall für die Verborgenheit. Außerdem vergaß ich sie dort und somit war sie ihrem Schicksal und dem Wetter überlassen. Eines Tages im Spätsommer kreuzten sich mal wieder unsere Wege. Bewundernd stellte ich fest, dass sie sämtlichen Dürren und Nässen getrotzt, sich zu einem kräftigen dunkelgrünen Geranienbusch entwickelt hatte und all das in einem Kübel mit alter, ausgelaugter Erde, die mittlerweile kaum noch Nährstoffe enthalten dürfte. Doch nichts an ihr war mehr jämmerlich. Jetzt, so fand ich, hatte diese besondere Geranie einen sonnigeren Platz vor dem Haus verdient, wo sie betrachtet werden konnte. Sie dankte es mir, indem sie sich in ein paar Wochen zu einem Prachtexemplar emporrankte. Ihre vielen kräftigen tiefroten Blütenbälle, die sich über den dichten fleischigen Blätterwuchs verteilten, leuchteten und zogen schon aus der Ferne die Aufmerksamkeit auf sich. Sogar die etwas entfernter wohnende Nachbarin, keine Brillenträgerin, die eigentlich eher selten das Gespräch suchte, konnte nicht widerstehen, mir für meine üppige, wunderschöne „Kletterrose" vor dem Haus ein Kompliment zu machen. Und man muss wirklich genauer hinsehen, um zu erkennen, dass es sich hierbei um ein Gewächs der Lebensfreude, nicht um die Blume der Liebe handelt. Ein robustes rotes Kerlchen hatte allen Widrigkeiten getrotzt und sich unbemerkt zu einem wuchsfreudigen Blumenriesen mit eigentümlichem Duft entwickelt. Sie ist keinesfalls eine Jedermanns-Balkonkastenreihenblume. Sie ist eine Schöpfung der Überlebenskraft.

„Tack, tack!" Auf der Brüstung neben mir und der Überlebenskünstlerin gesellt sich eine Amsel hinzu. Aufgeregt und ohne jede Scheu zwitschert sie munter drauf los. Ganz zahm hüpft sie immer näher, wird lauter und eindringlicher. Bald so, als meine sie wirklich mich, als erwarte sie eine Antwort von mir. „Tack, tack, gix, gix ... Amam, Amam!" Na, das ist jetzt aber sehr komisch! Eine sprechende Amsel? „Aaaamaaaam!" Ihre Stimme kommt mir irgendwie bekannt vor.

Von ihrem Klang erfasst und in eine heftig angenehm schaurige Muttergefühlswoge gespült, zieht es mein Bewusstsein langsam durch den nebulösen Zustand, in dem sich der Blumentopf, die Amsel, das nachdenkliche Selbstgespräch auf dem Treppenpodest, eben noch alles vertraut und selbstverständlich, zur Fremde formt und von mir entfernt irgendwo zurückbleibt. Eben noch für wahr genommene Situationen in vertrauter Umgebung zerfallen, werden zu Bruchstücken, an die ich mich beim Aufwachen nur schemenhaft erinnern kann. Zusammenhang und Sinn, geschweige denn Vertrautheit, bleiben zurück. War ich doch eben noch während des Träumens vollkommen im Erleben andersartiger Hintergründe verknüpft, scheint sich deren Klarheit dem Hier und Jetzt zu entziehen. Nur ein seltsames Grundstimmungsgemisch des Traumes bleibt haften und fließt mit durch den Sog in das morgendliche Erwachen.

„Amam, Amam, ich brauche heute mein Kostüm." Unentwegt tippt Yasmin mir mit ihrer kleinen Hand an die Schulter. Allmählich sortiert sich mein Kopf. Mir ist, als wäre ich von fernen Reisen zurückgespült. „Ach, mein Amselchen! Guten Morgen!", komme ich langsam zu mir. Das Langsam dauert meinem Kind wie immer zu lang. „Ich brauche heute mein Kostüm!" Ungeduldig wedelt sie mir mit dem Feenstab und den Flügeln vor der Nase herum. Bis auf das Blumenröckchen hat sie nichts an. Mit ihren kleinen nackten, dünnen Füßchen steht sie auf den kalten Dielen. Hier drinnen ist es sehr frisch. Durch die offenen Balkontüren weht ein kühler Wind ins Zimmer. Zügig steige ich aus dem Bett und schließe die Türen, wobei ein letzter Schwall frischer Morgenluft die Vorhänge hebt. Mich fröstelt es. „Ist dir nicht kalt?", frage ich Yasmin. Meine Besorgnis überhört sie. Im Moment ist es überhaupt nicht wichtig, ob ihr kalt oder warm ist. Sie hat ein Problem und nun ist einzig dringend, dass die Amam sich damit befasst.

„Ich brauche eine gelbe Strumpfhose und einen grünen Pulli!", lautet ihre Ansage, die von vornherein keinerlei Kompromisse akzeptiert. Nun bereue ich ein wenig, den gestrigen vorbildlichen Absichten nicht nachgegangen zu sein. Ich hatte mir vorgenommen, alles für den heutigen Tag zurechtzulegen. Doch wie so oft in letzter Zeit sind sie der abendlichen Gemütlichkeit zum Opfer gefallen. Der umfangreichen Yasmin-Zubettbring-Zeremonie folgte eine leichte Erschöpfung, die schließlich einer angenehmen Müdigkeit erlag. „Schuna, ich habe kein Hemd mehr", stellt Enne drüben vor der Kommode stehend fest. „Gleich!", rufe ich zurück, während ich mit Yasmin in ihr Zimmer gehe und sie nach einem kurzen Blick über die Möglichkeiten ihres Schrankinhalts zu überzeugen versuche, dass eine lindgrüne Strumpfhose und ein gelber Pulli unter ihrem Kostüm hervorragend wären. Überraschend schnell ist unser Amselchen meiner Meinung. Glück gehabt! Ein Bekleidungsproblem wäre somit gelöst! Nun widme ich mich dem Nächsten. Der karge Inhalt der Wäschekommode meines nun von einem Bein aufs andere tretenden Weggefährten ermahnt heftig mein Haushaltspflichtgefühl. Und eigentlich ist es für mich keine Pflicht. Ich liebe den Wäschekreislauf. Ich liebe es, Wäsche zu waschen, an die Luft zu hängen, jedes einzelne Kleidungsstück sorgfältig zusammenzulegen und ordentlich in Reih und Stapel in sein Fach zu legen. Nachlässigkeiten in Sachen Wäsche kennt Enne nicht von mir, er schaut fragend und überrascht auf die leere Stelle des Fachs, wo sich ein Stapel sauberer, duftender Arbeitshemden befinden müsste. „Moment!" Ich flitze in den Garten zur Wäscheleine, pflücke mir eines der Gott sei Dank trockenen Hemden, womit man zu dieser Jahreszeit morgens eigentlich nicht rechnen kann, und überreiche es dem geduldigsten, nachsichtigsten Menschen, den ich kenne. Er lächelt nur, wenn auch etwas spöttisch. Unversehens flackert in mir plötzlich diese ganz bestimmte, einzigartige Freude auf.

Jene Freude, die keinen Grund, keine Situation braucht, die einen plötzlich aus dem Nichts durchfährt. Eine der schönsten Überraschungen, die man aus dem Nichts geschenkt bekommen kann. Ein kurzer Moment unsagbaren Glücklichseins. Wie ein aufsteigendes Verschmelzungsgeflatter mit einem wilden, freien Schmetterling. Einer der seltenen, flüchtigen Augenblicke, in dem dieses winzig kleine Jetztsein hier unten einmal zwischen den ziehenden Wolken der himmelblauen Ewigkeit sichtbar wird und nach oben winkt.

„Willkommen, willkommen, du Kind der Natur ... Öffnest weit die Flügel unserer Herzen ... In deinem Licht sprudeln Farben ... wächst Frische ... Fließe herein, was du mit dir bringst, uns bringst ... La, la, la, la. La ... Hand in Hand mit deinen Geschwistern ... durchwandert das Jahr. Willkommen, willkommen, la, la, la, la, la ..." Yasmin singt unterwegs eines der uralten Lieder. Für sie ist es brandneu. Gestern hat sie es das erste Mal im Kinderhaus gehört und es hat ihr so viel Spaß bereitet, dass sie es sich auf Anhieb gemerkt hat und nun zu jeder Gelegenheit trällert. Heute wollen die Kinder den Frühling begrüßen und wir sind auf dem Weg dorthin. Yasmin hüpft in ihrem Feenkostüm vor mir her und kann es kaum erwarten.

Der Frühling ist da. Endlich! Je älter ich werde, umso mehr sehne ich mich während der dunklen, kargen Jahreszeiten nach Licht, Farben und Wärme. Kinder sind wie der Frühling. So frisch und klar. Wie das satte neue Grün sprießt ihre Energie und Freude überall aus ihnen heraus. So zart und doch voller Kraft. Erwachsene dagegen sind eher wie der Herbst. Der Herbst leuchtet anders als der Frühling. Er steckt voller wehmütiger Farben, voller Sehnsucht an das Kind, das er einmal war. Gelb, rötlich und braun verfärbt die Erinnerung, die einst grün begann. Ich liebe den Frühling. Er öffnet die Fenster und lüftet ordentlich durch. Er ist frisches Streben nach Wachstum, nach Explosion in bunte Vielfalt.

Er ist die Vorfreude auf den Sommer. Er macht, dass alles leichter wird. Er ist die sorgenfreie Leichtigkeit.

„Inar! Geh weiter, lauf mir nicht immer vor den Füßen rum!", schimpft Yasmin. Meine alte herzensgute Inar, denke ich, und bevor ich unseren Hund in meine stille Gedanken-Gefühlsduselei mit einbeziehen kann, zieht mich meine Tochter am Ärmel.

„Amam, hast du was geträumt?" „Nein, ich habe nur nachgedacht." „Und letzte Nacht, hast du da etwas geträumt?" Höchstes Interesse blitzt aus ihrem Gesicht. „Hattest du etwa einen Alpentraum?" Sie bleibt stehen und schaut mich mit großen Augen, in denen schaudernde Erwartung spielt, fragend an. Ich kann mir ein Schmunzeln kaum verkneifen, denn dieses Mädchen hat vor etlichen eher harmlosen Dingen große Angst, aber diese Art von Träumen erzählt zu bekommen, da ist sie immer ganz begierig drauf und sie nennt sie weiterhin beharrlich „Alpenträume". „Nein ich hatte keinen Albtraum." „Aber du hattest einen Traum?", bleibt sie ihrer Beharrlichkeit treu. „Ja, aber ich kann mich nicht mehr so genau daran erinnern. Es sind nur Schnipsel übriggeblieben." „Erzähl mir die Schnipsel!", bittet mich Yasmin. „Da war erst eine fremde Frau, die mir zugehört hat, und dann eine Blume, die seltsam gerochen hat. An mehr kann ich mich nicht erinnern." „Welche Frau?" „Es war eine Fremde." „Und was hast du ihr erzählt?" „Das weiß ich nicht mehr." „Schade!" „Warum hat die Blume seltsam gerochen? Also ich kenne keine Blume, die seltsam riecht. Was war es denn für eine Blume? Eine Margerite?" „Nein ... Ach, Yasmin, ich weiß wirklich nicht mehr." „Welche Farbe hatte sie denn?" „Rot." „Eine Rose?!" „Nein, eine Rose war es auch nicht. Lass' gut sein." „Mmh, Rosen riechen ja auch nicht seltsam", stellt Yasmin fest. Mittlerweile sind wir im Garten des Kinderhauses angekommen. „Donnerlittchen, habt ihr das wieder mal toll hingekriegt!", bestaune ich den reichlich geschmückten Eingang. An Umsetzungsideen der fantasievollen Vorschläge unserer Kinder mangelt es den Betreuern wirklich nicht.

„Amam, der Traum!" Yasmin, der mein Erstaunen in solchen Fällen sonst immer Lob und Ehre ist, wischt die Früchte des gestrigen Tageswerks einfach beiseite und zieht hartnäckig weiter am Faden unseres begonnen Weggesprächs. „Amselchen, wie soll ich dir mehr über meinen Traum berichten, wenn mir nicht mehr als das, was ich dir bereits erzählt habe, dazu einfällt? Der nächste Traum, an den ich mich besser erinnere, gehört dir! Versprochen! Lass uns jetzt hineingehen. Du hast dich doch so auf das Fest gefreut." „Versprochen?" „Ja, versprochen, du kleine Quälgeistamsel! Vielleicht ist der Nächste ja ein fürchterlich gruseliger Albtraum. Huuu!" „Oh ja, ein Alpentraum! Das wär toll!", freut sich mein Kind und gibt Ruhe. Auch im Haus ist es tüchtig und prächtig geschmückt. „Ich finde, das ‚Frühlingswillkommen' ist eines der schönsten Feste des Jahres", stelle ich fest. „Und ich finde, mein Geburtstagsfest ist das allerschönste Fest des Jahres!", übertrumpft Yasmin. „Na klar! Das ist ja wohl der allerallerschönste Tag gewesen! An dem ist uns nämlich ein ganz besonderes Schätzchen zugeflogen." „Amam, erzähl mir nochmal, wie das war, als ich geboren wurde." Auch diese Geschichte saugt sie förmlich wieder und wieder mit immer gleichbleibend großer Begeisterung in sich auf. Von Geschichten kann Yasmin nie genug bekommen. „Dafür bleibt jetzt nicht genügend Zeit. Ich denke, die anderen warten schon auf dich."

Aufgeregtes Gezwitscher vieler Kinderstimmen dringt durch den Spalt der angelehnten Tür. Die Vorfreude knistert im ganzen Haus. Und tatsächlich wird Yasmin bereits feurig erwartet und, als wir eintreten, überschwänglich empfangen. Alle Freundinnen schnattern mit einem Mal auf sie ein. Alpenträume und Geburtsgeschichten sind nun schnell vergessen. Ich bleibe noch einen Augenblick im Türrahmen stehen und genieße den lustigen Anblick des farbenfrohen Knäuels aufgewirbelter, kleiner Weibsen. „Viel Spaß, mein besonderes Schätzchen!", wünsche ich ihr ganz leise, obwohl ich weiß, dass sie mich im lauten Tumult jetzt sowieso nicht mehr hören kann.

Ich beobachte noch ein Weilchen und genieße mein Mutterglück. Wie beliebt meine Tochter doch ist! Es tut so gut! Aber nun wird es für mich Zeit zu gehen. Gelächter hallt mir im Treppenaufgang nach. Diese albernen Dinger, denke ich. Wie gern wäre ich doch noch geblieben, aber auf mich wartet draußen Inar und zu Hause die Arbeit.

Doch vor der Tür ist weit und breit keine Spur von einem Hund. Bestimmt hat es ihr wieder einmal zu lange gedauert und sie hat sich auf den Heimweg gemacht. Etwas länger auf jemanden zu warten, fiel Inar schon immer schwer. In der alten Hundehülle steckt noch immer ein verspielter, neugieriger und manchmal eben auch ungeduldiger Welpengeist. Da hat sie mit Yasmin etwas gemeinsam. Die Ungeduld. Als Yasmin geboren wurde, war Inar bereits seit etlichen Jahren Familienmitglied. Eines Morgens lag sie einfach vor der Tür, abgemagert mit einer gebrochenen Vorderpfote. Die Strapazen, die sie zuvor durchgemacht haben musste, waren ihr anzusehen. Natürlich tat mir der Hund leid und natürlich wollte ich ihm auch irgendwie helfen, doch mich darauf einzulassen, ihn bei uns aufzunehmen, damit tat ich mich schwer. Nur allzu gut konnte ich mich an die letzten Wochen Ischtobs erinnern, der Hund, der meine Geschwister und mich in der Kindheit begleitete. Es war schwer zu ertragen, ihn leiden zu sehen, und als er schließlich starb, schmerzte es. Am liebsten hätte ich Inar auf den Hof meiner Schwester gebracht. Doch jetzt bin ich froh, dass Inib diesen Hund so ausdauernd und hingebungsvoll pflegte, dass ich es nicht übers Herz brachte, seine neue gutmütige, treue Freundin wegzugeben. Bei all den Streicheleinheiten und Leckerbissen war abzusehen, dass sie, nachdem sie sich erholt hatte, bei uns bleiben würde. Es blieb immer ihr Geheimnis, wie es sie, eine ausgewachsene Hündin, von irgendwoher vor unser Haus verschlagen hatte. So brennend es uns auch interessierte, leider kann Inar kein menschisch und wir kein hündisch. Aber es gibt mehrere So-könnte-es-gewesen-sein-Versionen. Inib seine finde ich am besten.

Eigentlich ist es nicht verwunderlich, dass Inar die engste Bindung zu ihm hat. Ist er in der Nähe, weicht sie nicht von seiner Seite. Unser Sohn hatte schon immer etwas an sich, das Tiere magisch anzieht. Auch die Scheuesten gehen mit einem unfassbaren Urvertrauen auf ihn zu. Wie mag unsere Hunde-Oma wohl als Welpe ausgesehen haben? Mit Sicherheit ein so putziges Hündchen wie in Yasmins gemalten Inar-Welpengeschichten. Mittlerweile sind über zehn Jahre seit Inars Auftauchen vergangen und ich darf ihr danken, dass sie ausgerechnet unsere Familie aufsuchte. Seither entwickelte sie sich zu so etwas wie unserem gemeinsamen Nenner, unsere gemeinsame

Einigkeit. Ihre Anwesenheit hat uns wunderbare, liebenswerte Momente beschert.

Gedankenversunken wie immer bin ich auf der großen Wiese angekommen. Heute Morgen scheint hier alles wie jeden Morgen zu sein. Duft von feuchter Erde steigt aus den frisch gewachsenen kräftigen, kurzen Grashalmen, dazu plätschert murmelnd der kleine Bach, mischt seine Melodie mit dem Gezwitscher der Heimkehrer, die sich zwischen den Ästen der alten verknöcherten, zauberhaften Eichen verstecken. „Guten Morgen, die Damen!", begrüße ich albern wie des Öfteren hochachtungsvoll die betagten Bäume und springe über den Bach. „Hat es hier vor Hunderten von Jahren auch schon so ausgesehen?" Leider kann ich ebenso wenig bäumisch wie hündisch. Sonst würde ich die Zaubereichen genauso ausfragen, wie Yasmin es immer mit mir macht. Vor mir auf der Anhöhe in einiger Entfernung sehe ich schon die hohen Kirschbäume, deren Kronen sich mächtig breit machen und die krummen, fleißigen Apfelbäume, deren nach unten gebogenen Äste sich nie erholen wollen. Jedes Jahr tragen sie bis spät in den Herbst hinein viele Äpfel und bürden sich immer wieder aufs Neue ihre köstliche Last auf. Wohingegen die kleine Felsenbirne zwischen ihnen ihre Früchte jedes Jahr vor der Reife abwirft. Die Minibirnen plumpsen alle auf einmal innerhalb von ein bis zwei Nächten auf den Boden.

Und wenn es dieses Jahr soweit ist, werde ich mich wie jedes Jahr darüber wundern. Yasmin hat mir erklärt, dass die Birne wahrscheinlich denkt, sie sei ein Apfelbaum wie all die anderen, und wenn dann ihre sonderbaren Äpfel zum Vorschein kommen, dann erschrickt sie so sehr, dass sie sie alle mit einem Mal loslässt. Vorher allerdings dürfen wir uns auf die Blüte freuen. Wenn es bald soweit ist, sieht dieses Fleckchen Erde hier verzaubert aus. Überhaupt wirkt dieser Ort wie eine zärtliche Streicheleinheit der Natur, wie ein ewiger Ort. Normalerweise genieße ich es in vollen Zügen, hier zu sein. Doch heute haftet noch eine unangenehme Gefühlsmischung an mir, hervorgegangen aus den Träumen letzter Nächte. Ich kann mich zwar nicht an sie erinnern, dennoch vergiftet meine Stimmung die unendlich leichte Seligkeit dieses Ortes in Rührseligkeit. So ist es, als würde ich ihn als etwas Gewesenes, Vergangenes betrachten. Dabei ist er doch wie aus der Zeit gefallen und dabei ebenso eindrucksvoll gegenwärtig. Ein mystischer Kraftspender. Obwohl ich mich kaum an ein Traumgeschehen erinnere, arbeitet es in mir, und was schon längst nach dem Aufwachen hätte verflogen sein können, trage ich heute herum. Und ich kann es nicht lassen, da hinein hinterher zu empfinden. Es fühlt sich an wie eine Sehnsucht. Eine Sehnsucht nach diesem meinem Leben hier. Tief darin verstrickt komme ich schließlich zerstreut zu Hause an. Das gefällt mir nicht. Denn es lenkt mich von den Dingen ab, die wichtig sind und die ich mir für heute vorgenommen habe. Deshalb ermahne ich mich und nehme meine Gedanken zusammen. Der Garten wartet. Ich ziehe mich um und mache mich über die Vorbereitung der Beete her. Nichts Wirkungsvolleres gibt es, einer Grübelei zu entkommen.

Zusammengekauert, die Arme um meine Knie geschlungen, sitze ich auf dem Boden, mein Rücken lehnt an den kalten, glatten Türflächen des Kleiderschranks. Ängste ballen sich zur Panik und schwappen schwallartig in etwas Unmenschliches, Unerträgliches über. Wieder quält es mich. Wie gelähmt bin ich darin gefangen. Ich weiß einfach nicht mehr weiter, weiß nicht, was da in mir los ist und ich halte das nicht mehr länger aus! Das Telefon liegt neben mir, zitternd greife ich danach. Drücke die Tasten und hoffe, dass sie da sein wird. „Ja?“, höre ich ihre vertraute Stimme. Stille. Meine Kehle versagt und ich bekomme keinen Ton heraus. „Hallo?“, vernehme ich am anderen Ende. Wieder Stille. Lange Sekunden verstreichen, bis ich aus dem Knoten meines Halses ein dünnes, kraftloses „Mir geht es nicht gut" verlauten lassen kann. „Kannst du zu mir kommen?", bekomme ich gerade noch so in den Hörer geflüstert. Stille am anderen Ende der Leitung und dann: „Du musst irgendetwas tun! So geht es doch nicht weiter! Ich kann doch nicht jedes Mal zu dir hingefahren kommen! Ich kann dir da auch nicht helfen!", schimpft sie ins Telefon und fügt eine Aufzählung allgemeiner Ratschläge hinzu, die mir ihrer Meinung nach helfen könnten, die mich jedoch nicht erreichen, da mich der nächste Panikschwall durchströmt. Kurz darauf höre ich: „Hallo? Bist du noch dran?" „Ja", antworte ich. Und mit einem „Guck mal, dass du das wieder hinbekommst" endet ihr Monolog, wobei ihre Stimme nun sanfter klingt. Wieder bekomme ich gerade so ein „Ja" heraus. „Tschüss, meine Anusch!", höre ich die nun wiederum liebevolle, traurig klingende Stimme am anderen Ende der Leitung. Es war herauszuhören, wie viel Kummer ich ihr bereite. Der Knoten in meinem Hals zieht sich erneut zusammen und ich spüre, wie diesmal der Druck vom Hals zu den Augen aufsteigt, bis Tränen den Knebel lösen.

Ein leises „Anusch?" kommt aus dem Hörer. „Ja, Mama ... tschüss", beende ich das Gespräch und lege den Hörer wieder neben mich auf den Boden. Nun, nachdem die Spitzen des Panikschwalls abgeklungen sind, empfinde ich anstelle von Erleichterung nichts. Ich lehne meinen Kopf zurück an den Schrank und versuche nachzudenken. Mein Dasein fühlt sich aller Lust entzogen und mein Körper ausgezehrt und vollkommen übermüdet an. Diese abscheulichen Attacken peitschen ihn dennoch zu Hochtouren auf. Meine Aufmerksamkeit ist durch die ständige Angst zu voller Wachsamkeit aufgedreht und mit meinen Gedanken verhält es sich wie mit einem Hamsterrad. Ein fatales Gemisch, das zusehends an der Substanz frisst. Innerhalb der letzten Wochen verliere ich nicht nur Kilo für Kilo, auch meine Stimme klingt mittlerweile wie ein dünnes, kraftloses Fähnchen. Nach solch einer Attacke begebe ich mich meist auf die Flucht. Doch auch während des stundenlangen ziellosen Laufens überfallen sie mich. Wieder und wieder ziehe ich hinter mir die Haustür ins Schloss und laufe rastlos drauflos. Ich fliehe morgens um 4.00 Uhr, fliehe ab 8.00 Uhr den gesamten Vormittag hindurch, fliehe nachmittags. Am Abend fliehe ich im Haus, laufe hin und her und nachdem ich in den Nächten in kurze Erschöpfungsphasen falle, die mich direkt in Albträume geleiten, in denen ich ebenfalls fliehe, wache ich um 2.00 Uhr auf, ziehe etwas über, die Haustür hinter mir zu und laufe ins Schwarze der Nacht. Unermüdlich getrieben von der Furcht, die keine Pause macht. Wach oder im Traum ist sie hinter mir her. Und ich laufe, als wären meine Beine zwei Helden, imstande mich aus diesem Zustand herauszutragen. Und während des Laufens klopfe ich in mir die Taubheit nach Resten irgendwelcher Empfindungen ab, nach irgendeinem Gefühl, und sei es noch so abgestumpft, es könnte mir einen Zipfel bieten, einen Zipfel zum Festklammern und Zurückziehen.

Mitten auf einem Feld bleibe ich stehen, lege mich mit dem Rücken auf den harten, kalten Boden und spüre die Erde unter mir. Es ist so still. Über mir in diesem unendlichen Dunkel blinken die weißen Lichter der Sterne, während wir – ich winzig klein auf meinem vertrauten, gigantischen Erdball – auf unseren Bahnen kreisen. Mir ist kalt. Ein Frösteln von der Art, bei der es nichts bringen würde, sich wärmer anzuziehen. Alles, was in mir noch schreien kann, schreit. Selbst mein Verstand schreit mich an, dass Angst und Panik Gefühle sind! Ich muss mich verdammt noch mal nicht von ihnen beherrschen lassen, aber dennoch sollte ich auf sie hören. Da sie die letzten, unüberhörbaren Hilfeschreie auf der Schwelle zu totaler Taubheit sind. Sie sind der letzte Rahmen zum Festklammern, um dem Sog zu entkommen, der mich in irgendetwas hineinziehen will, in das ich nicht hineingehöre. Ich bin nicht meine Gefühle, aber ich brauche sie! Sie gehören zu mir. Was mich einst wie selbstverständlich durchströmte, schien sich nun in blinde Flecken aufgelöst zu haben. Ohne jene seelischen Wegweiser bin ich verloren. Ich wäre nicht mehr ich. So will ich nicht weiter leben und sterben will ich schon gar nicht. Mein Wille beruht auf dem Recht zu leben! Wie ein Paradox zu dieser Rastlosigkeit entsteht jeder Antrieb, etwas zu tun, erst aus einem Kampf heraus. Ich muss kämpfen, um nicht in Regungslosigkeit zu verharren, muss immer wieder dagegen halten, muss mich zwingen. So zwang ich mich, aufzustehen und nach Hause zu gehen. So zwinge ich mich jetzt, aufzustehen, vom Schrank zum Schreibtisch zu gehen, ein Blatt Papier und ein Stift zu nehmen und verharre. Ich zwinge mich, mit dem Schreiben zu beginnen. Aufzuschreiben, was ich zwar weiß, aber dennoch nicht empfinden kann: *„Ich glaube an die Liebe. Ich liebe meine Familie. Ich liebe meinen Sohn. Ich liebe meine Tochter. Ich liebe meinen Mann. Ich liebe meine Eltern. Ich liebe meine ganze große Familie. Ich wünsche mir von ganzem Herzen, dass es ihnen gut geht. Ich wünsche mir, dass es mir wieder gut geht, damit ich mit ihnen leben kann.“*

Und dann lege ich den Stift beiseite, lehne mich zurück, schließe die Augen und taste in mir nach einer schönen Erinnerung, um darin die Erinnerung an die Emotionen zu finden, die jenen Moment begleiteten. Doch ich kann mich nicht konzentrieren und taste in mir herum wie eine Blinde, die weiß, dass eine Außenwelt existiert, obgleich sie sie nicht sehen kann. Ich möchte hier etwas finden … jetzt. Hatte ich nicht vorhin, dort am Schrank gelehnt, geweint? Ausgelöst durch den Kummer in der Stimme meiner Mutter. Ich hatte vorhin geweint! Immerhin! Irgendwie war das wie ein Schrittchen zurück. Zurück von der Schwelle, zurück in Richtung nach Hause. Ich bete, dass mir noch ein Schritt gelingen möge. Zwinge mich erneut, den Stift in die Hand zu nehmen, um mithilfe dieses Anflugs von Traurigkeit zum Ausdruck zu bringen, was ich so unerreichbar gern empfinden möchte:

Barfüßige Fröhlichkeit
Mit Freude in den Augen springe ich gedanklich über Blumenwiesen.
Die Sonne scheint, der Wind biegt Grashalme. Frische durchströmt mein Flatterhemd, meine Haut.
Mein bandagiertes Herz bohrt sich ein Loch in diese Richtung und bittet die Leichtfüßige dort drüben: „Zieh mich hinter dir her! Lass

mich nicht los! Lass mich fühlen, wie es ist, barfuß fröhlich zu sein.
Zeige mir deine Landschaften. "
Jede Träne aus meinen Augen ist Wasser aus den Bächen meiner
Seele. Innerlich ausgespült fließe ich mit ihnen davon. „Liebe See-
le, entlasse mich aus dem Kreislauf der Traurigkeit. Lachen möchte
mein Herz, mein Gesicht!"

– 4 –

Stehe unmittelbar hinter dem Rücken einer Person, die auf einem Stuhl vor einem Schreibtisch an der Wand sitzt. Es ist eine
Frau. Ihr Oberkörper ist leicht nach vorne gebeugt. Vor ihr liegt
ein unbeschriebener karierter Block. In dessen leere Kästchen
scheint sie ganz und gar vertieft zu sein. Um sie herum ist es
hell und freundlich eingerichtet. Doch der äußere Anschein
passt nicht zur spürbar bedrückenden Atmosphäre. Eine seltsame Situation, denn irgendwie fühle ich mich hierher verfrach-
tet, ohne dazugehöriges Datenwissen. Sollte es vorhanden sein,
bleibt es als unwichtig und hintergründig verborgen, und die
Art und Weise der Plötzlichkeit des Hierauftauchens ein Nor-
malzustand. Diese Frau und dieser Raum, in dem wir uns befinden, sind mir fremd und dennoch ist mir, als säße dort eine
entfernte Verwandte. Jene Verwandtschaft, über die man nichts
weiter weiß, als dass sie über einen stark verzweigten Stamm-
baum vorhanden ist. Es ist äußerst unangenehm für mich, hier
zu sein. Noch hat die Frau am Schreibtisch mich nicht bemerkt.
Gerade als ich im Begriff bin, mich auf leisen Sohlen davonzu-
stehlen, rührt sie sich plötzlich und greift nach einem Bleistift
neben dem Block. Über ihre Schulter hinweg sehe ich, wie sie
unheimlich langsam etwas niederschreibt. Neugierig kann ich
mir nicht verkneifen, einen Blick über ihre Schulter auf die ent-
stehenden Zeilen zu werfen. Qualvoll, jedes Wort abgerungen,
entsteht Buchstabe für Buchstabe. Während ich lese, lege ich,
ausgelöst durch Mitgefühl dieser Trostlosigkeit völlig unbedacht,

meine Hand auf ihre Schulter und ziehe sie sogleich erschrocken zurück, da mir bewusst wird, jetzt, wo ich sie berührt habe, in Erklärungsnöte zu geraten. Doch es passiert nichts. Diese Person scheint auf seltsame Art so ummantelt zu sein, dass sie weder meine Berührung noch meine Anwesenheit mitbekommt, als wäre ich ein Geist.

Jenes unbegreiflich vernebelte Fühlwissen, denn mit nichts weiter bin ich hier, breitet nun ein solch umfangreiches Verständnis für die am Schreibtisch Sitzende aus, so, als hätte ich die Zeilen selbst geschrieben. In diesem Moment, als wäre das soeben entstandene, lautlose Verständnis die unsichtbare Brücke, die unsere Ufer miteinander verbindet, lehnt sie sich zurück, schließt die Augen und wirkt etwas entspannter. Jedoch mein Bedürfnis, diesen Raum verlassen zu wollen, wird immer dringender: „Ich muss hier raus!", denke ich. Und sie steht plötzlich auf und geht zur Tür hinaus, immer noch ohne mich wahrzunehmen. Als hätte ein Gedanke – mein Gedanke – sie dazu veranlasst.

– 5 –

Es ist Nacht. Ich liege im Bett, gerade aufgewacht lausche ich den leisen, gleichmäßigen Atemzügen Ennes neben mir. War also wieder mal ein Traum! So intensiv, wie ich sie in letzter Zeit häufiger habe und jedes Mal, nachdem ich aufwache, bin ich froh darüber, zu Hause in meiner mir altvertrauten Umgebung zu sein. Es war nur ein Traum! Aber es sagt sich so leicht daher: nur ein Traum. Während sich in meinem Kopf Gedanken über das wundersame Wesen von Träumen zu formen beginnen, stehe ich leise auf und gehe hinunter in die Küche. Nur das karge Mondlicht scheint durch das Treppenfenster und verleiht der herrlichen Stille etwas Heimeliges. Das Haus, seine Umgebung, die ganze Welt ist in den Schlaf getaucht und ich, wach, barfuß und im Flatterhemd, genieße es.

Während sich mein Glas unter dem Hahn mit Wasser füllt, versuche ich, mich an den Traum zu erinnern. Eine der Kuriositäten am Träumen ist, dass man es, während man es tut, nicht bemerkt. Man ist in die seltsamsten Unternehmungen verstrickt und weiß nicht, dass man währenddessen eigentlich schläft. Wacht man auf, kehrt die Fähigkeit, zwischen Traum und Wirklichkeit zu unterscheiden, zurück. Und doch, auch wenn man im Wachzustand über das Schlafen nachdenkt und meint, darin ins völlige Unbewusstsein abgetaucht zu sein, erlebt man das Träumen nicht unbewusst, eher anders bewusst. Das Unbewusstsein legt sich erst mit dem Erwachen wie ein Schleier darüber.

Ohne Durst trinke ich in kleinen Schlucken und schaue zum Fenster. Auf den dunklen Scheiben spiegelt sich die an der Decke baumelnde Lampe und die Wand mit dem Küchenregal. Die Schwärze der Dunkelheit haftet an den Fensterscheiben, als wäre dahinter nichts, als gäbe es nur das Hier Drinnen, und doch weiß ich, dass das eigentliche Draußen nur verborgen ist. Genauso verhält es sich beim Wachsein. Es fehlt einfach die Durchsicht, was Träume betrifft. Bevor ich wieder zurück ins Bett gehe, führt mich ein kleiner Umweg am Bücherregal vorbei. Traumthemarecherche nach dem Zufallsprinzip. Ziehen, aufschlagen, lesen, Zusammenhänge herstellen. Käme Enne jetzt, würde er über meine seltsamen Methoden, Klarheit herzustellen, den Kopf schütteln. Er meint sowieso, ich spinne. Und ich liebe es, wenn er es sagt. Für meine Ohren klingt diese Beleidigung wie ein Kompliment. Blind greife ich zu und schlage auf. Mal sehen, was wir da haben: „Der Spiegel – Trittst du an einen Spiegel heran, so nähert sich dein Spiegelbild dem Spiegel nicht von vorn, sondern von hinten. Doch das Spiegelbild steht nur scheinbar hinter dem Spiegel. Während du den linken Arm hebst, hebt dein Spiegelbild den rechten. Hm ... aha ... soso ..." Mehr fällt mir hierzu momentan nicht ein. So viel zur Durchsicht.

Über mich selbst lachend und von Müdigkeit übermannt, schlürfe ich in mein Bett zurück und nehme mir fest vor, morgen die Fenster zu putzen.

Am darauffolgenden Morgen bietet sich hinter den frisch geputzten Küchenfenstern gegen Mittag ein Schauspiel, in dem die letzten Züge des Winters auf die ersten des Frühlings treffen. Dichte Schneevorhänge ziehen sich über die Landschaft, um im nächsten Augenblick abrupt vom schönsten Sonnenschein, der die weiße Pracht auf der Wiese in Fleckenreste schrumpft, ausgewechselt zu werden. Jede Jahreszeit ist eine wunderbare Jahreszeit. Besonders zu Beginn. Ich mag es grün sprießend, barfuß warm, windig bunt und glitzerklirrend weiß. Inar dreht sich auf ihrem Schaffell vor dem heißen Kachelofen etliche Male um die eigene Achse, lässt sich niederplumpsen, schmatzt zweimal und stöhnt behaglich. Daneben auf der Armlehne des Sessels sitzt Yasmin und berichtet das Neuste über Nivek, einem Jungen aus ihrer Gruppe. Die beiden haben die letzten Nachmittage miteinander verbracht. Sein häuslicher Alltag unterscheidet sich in mancherlei sehr von dem Yasmins. Beide sind über den des jeweils anderen fasziniert. Nivek ist ein eigenartiger Junge. Er lässt für sich die Welt um sich herum verschwinden, um in seiner Fantasiewelt heldenhaft zu kämpfen. Mit einem für uns unsichtbaren Schwert in beiden Händen bahnt er sich einen Weg durch – für uns ebenfalls unsichtbare – Barrieren und Gegner. Er liebt die Gerechtigkeit und spricht hemmungslos aus, was ihm gerade durch den Kopf schwirrt, stößt hierbei allerdings sehr oft auf Unverständnis. Ihn so zu akzeptieren wie er ist, können die meisten leider nicht, deshalb hat Nivek nur wenige Freunde und darum verschwindet er, so oft sich die Gelegenheit bietet, in seiner Fantasie. Für Yasmin ist der Nivek eben der Nivek, so wie er ist. Und da Yasmin beim Spielen mit ihren Freunden sehr gerecht umgeht, war ich kaum erstaunt, dass er in ihrer Gegenwart anwesend bleibt und nicht zu kämpfen versucht.

Auch wenn bei der Wahl der Spielsachen ein Gegensatz der Geschmäcker aufeinanderprallt, im Höhlenbauen, Turnen und Kaspern finden sie Gemeinsamkeiten.

Inar hebt den Kopf, kurz darauf hören wir die Haustür krachend zufallen. Unsere Blicke richten sich zur offenen Küchentür. Enne oder Inib? Kann nur einer von den beiden sein. „Ich muss gleich wieder los, treff' mich noch mit Arula. Was gibt's zu essen?" „Na, bin ich froh, dass wenigstens der Hunger dich ab und zu nach Hause treibt. Wäre schön, wenn wir dich auch außerhalb von Mahlzeiten mal wieder zu Gesicht bekämen", beschwere ich mich, während ich ihm sein Essen auftue. „Amam! Ich hab's eilig, Arula wartet. Hab' ihr versprochen, den heutigen Kurs nochmal mit ihr durchzugehen. Verstehe sowieso nicht, warum sie einen Kurs wählt, bei dem sie weniger als die Hälfte kapiert." „Vielleicht, weil dieser von mehr als der Hälfte ihrer Freunde belegt ist?" „Ach, da fällt mir ein, ich soll euch ausrichten, dass die nächsten Kurse bei uns stattfinden." „Oh wie schön!", jubelt Yasmin. „Wann?", frage ich. „Könnte schon in einer Woche sein. Aber ich frag nochmal nach." „Mensch, Inib, wäre schon gut, rechtzeitig zu wissen, wann ihr hier einrückt." Wenn die nächsten beiden Kurse bei uns stattfinden, dann bedeutet das für Enne und mich, nicht nur die Jugend in unser Handwerk einzuweihen, was gut geplant sein sollte, sondern auch mindestens vierzehn Tage für Unterkunft und Verpflegung zu sorgen. Auch das möchte gut vorbereitet sein. „Weißt du, ob sich schon jemand für eine Lehrzeit bei uns interessiert?" „Amam!", mischt sich Yasmin empört mit erhobenem Zeigefinger ein, „Regel Nummer drei!" Und beide, Inib amüsiert breit grinsend und Yasmin mit todernster Miene, sprechen im Chor: „Die Handwerksfindung erfolgt ohne Rat und Tat der Eltern!" Hebe meine Hände hoch: „Schon gut, schon gut, ich ergebe mich und ziehe meine Frage zurück."

Jeder in der Ortschaft und Umgebung hat neben der familiären Versorgung mindestens eine Aufgabe für die Gemeinschaft. Da sich für meine Tätigkeit die letzten Jahre kein Interessent fand, ist es doch nachvollziehbar, dass mich brennend sorgt, ob sich vielleicht aus dem kommenden Kurs jemand für eine Lehrzeit bei mir findet. Aber wenn diese Nachfrage einer Einmischung gleichkommt, dann muss ich mich eben gedulden. „Inib, gehst du heute Abend noch zum Korbball? Kannst du Inan Thalie etwas von mir ausrichten? Ist er heute wieder mit dabei?" „Könntest du dir abgewöhnen, eine Frage nach der anderen zu stellen, ohne eine Antwort abzuwarten?", unterbricht mich mein Sohn, greift zum Besteck und isst, ohne mir auch nur eine Frage zu beantworten und, wie ich finde, auch ohne Eile. Ich hake nicht nach, denn bei seiner Gegenfrage und wie er da genauso auf diesem Platz am Tisch sitzt, löst es ein Déjà-vu in mir aus. „Komisch, letzte Nacht träumte ich, im Bett zu sitzen, nicht in dem Bett, wie es oben steht, aber im Traum war das andere mein Bett. Also ich sitze darin und schreibe unseren Dialog auf. Genau den Satz, den du eben gesagt hast, mit der Fragerei und so." „Na und? Da ist doch nichts dabei!", mischt sich Yasmin, die recht aufmerksam zuhört, wieder einmal ins Gespräch ein. „Gruselig", findet Inib, „und überhaupt beschäftigt's dich die letzte Zeit ganz schön sehr mit deiner Träumerei. Ich hätte darin kurze braune Haare, Inan Thalie wäre ein Mädchen, unser Haus sähe vollkommen anders aus, ein Bett, das nicht das Bett oben, aber trotzdem dein Bett ist, lauter so'n Zeugs." Genervt verdreht er die Augen. „Was träumst du denn so?", frage ich ihn interessiert. „Amam, lass mich mit deinem ständigen Gefrage in Ruhe, ich muss los, bis dann. Tschüss!", springt er auf, lässt alles stehen und liegen und ergreift die Flucht. „Bis dann", rufe ich ihm nach, aber da ist er bereits aus der Tür und entschlüpft. „Ich habe leider nichts geträumt, Amam. Aber wenn ich heute Nacht einen Traum habe, dann erzähl ich ihn dir", lässt Yasmin tröstend verlauten.

Inib hat viele Freunde. Kein Wunder, denn ein Freund wie Inib ist ein verdammt guter Freund. Ihm zum Sohn zu haben ist derzeit, während der jugendlichen Abnabelungsphase, allerdings eine andere Geschichte. Aber vielleicht geht es ihm ähnlich mit mir, seiner Mutter. Seufzend räume ich sein Geschirr weg, schiebe seinen Stuhl an den Tisch und denke über das Chaos nach, welches er überall, wo er sich aufhält, hinterlässt. Erstaunlicherweise findet er sich darin wunderbar zurecht und fühlt sich obendrein noch wohl damit. Er wiederum ist der Meinung, das Problem läge in meiner überzogenen Vorstellung von Ordnung.

„Thalie ein Mädchen?" Yasmin beschäftigt noch immer das eben Gehörte. „Wie sieht er denn aus als Mädchen?", möchte sie wissen. „In meinen Träumen ist Thalie ein großes, schlankes, sehr hübsches Mädchen. In etwa so groß", hebe ich meine Hand ein paar Zentimeter über meinen Kopf. „Sie hat wunderschöne, liebe Augen und rosa gefärbte, schulterlange glatte Haare. Über dem linken Ohr hat sie einen Streifen kurz rasiert. Hier auf der

Oberlippe", zeige ich die Stelle an mir, „trägt sie Schmuck. So wie wir Ohrringe tragen." Yasmin ist keineswegs entsetzt. Sie lacht. „Und da behauptet Thalie, Attak würde mit seinen bunten Sachen verrückt rumlaufen." Sie hält inne und ihrer Mimik ist anzusehen, dass ihr soeben etwas Wichtiges eingefallen ist. „Amam! Du hast vergessen, mir von deinem Alpentraum zu erzählen." „Ach so, ja ...", erwidere ich und setze mich in den Sessel neben sie. Natürlich hatte ich es nicht vergessen und war froh, dass Yasmin nicht noch einmal danach fragte. Ich weiß nicht so genau, ob diese Albträume, die mich ohnehin sehr belasten, in eine zumutbare Version für eine Sechsjährige umzuwandeln waren. Noch dazu ist sie in letzter Zeit neben ihrer Aufgeschlossenheit und Neugier wieder einmal etwas überängstlich. Mit Bedacht beginne ich: „Es ist, als würde ich von einer ganz anderen Welt träumen." „Als unserer?" „Ja." „Von welcher?" „Das weiß ich nicht." „Hm, aber was ist denn dort so schlimm?" „Dass ich mich dort nicht gut fühle." „Gibt es Monster?" „Nein, aber viele Dinge, die ich nicht kenne, die mir fremd sind, und vieles, das ich nicht verstehe." „Aber wieso geht es dir denn dort nicht gut? Hast du Bauchschmerzen oder bist du hingefallen?" Ich kann mir ein Schmunzeln nicht verkneifen. „Nein, Yasmin, mein Körper ist heil und gesund. Es ist eher so, als wäre ich dort sehr traurig und ich kann dir nicht einmal sagen, warum, weil ich es selbst nicht weiß." „Hm. Da kannst du aber froh sein, dass es dir hier sowas von gut geht, was?" „Na, das kannst du aber glauben, mein Schatz!", stimme ich zu, streichle ihr über den Kopf und wünsche mir, es wäre so einfach.

Laufe nervös vor dem Bett hin und her. Zwinge mich, mit den Gedanken hierzubleiben. Tagsüber konnte ich mich mit der Hausarbeit ablenken, musste mich dabei ständig von abschweifenden Gedanken zurückholen. Versuchte, die nagende Furcht

zu ignorieren, was einem kurzen Über-Wasser-Halten gleich-
kam. Der Fernseher läuft. Nachrichten. Keine guten. Es wird
nur über das Schlechte und Schlimme berichtet, als gäbe es nur
das. Schalte ihn ab. Hole mir ein Glas Wasser, trinke nur einen
winzigen Schluck. Mein besorgter Mann kommt die Treppe herauf, in der Hand einen Teller mit einem belegten Brot. „Hast
du heute schon etwas gegessen?" „Ich weiß nicht ...", überlege
ich. „Hier, du musst etwas essen." Ich verspüre kaum Hunger.
Irgendwo unter wirbelnder Hast und Unruhe im Bauch gibt es
ein Leergefühl. „Danke." Ich nehme den Teller und betrachte
das Brot. Übelkeit meldet sich aus der Magengegend. Doch die
Vernunft sagt mir, dass ich etwas essen muss. Meinem Körper
zuliebe, der unermüdlich mit all seinen Reserven weiterkämpft.
Also nehme ich es und beiße ab. Kaue länger, als ich es für ge-
wöhnlich tue, da es Überwindung kostet, den Bissen herunter-
zuschlucken. Jedes Abbeißen ist wieder ein kleiner Kampf und
jedes Schlucken ein kleiner Sieg. So dauert es, ehe ich eine Scheibe Brot gegessen habe. „Willst du es nicht mal mit einer von den
Tabletten, die die Ärztin dir mitgegeben hat, versuchen? Vielleicht helfen sie dir ja." „Ich weiß nicht. Ich hab noch nie solche
Medikamente genommen."

Ich brauche meine Familie und meine Familie braucht mich.
Es ist rührend, wie liebevoll sie mit mir in meinem derzeitigen
nutzlosen Zustand umgehen, immer in der Hoffnung, dass es
bald besser werden wird. „Na, dann nimm erst mal nur eine Halbe und schau mal, wie sie wirkt." Entgegen meiner Abneigung
solcher Rausch- und Entspannungshilfen, tue ich ihm den Gefallen, zerteile eine Tablette, spüle sie mit dem Wasser hinunter und lege mich zu ihm ins Bett. Er legt seinen Arm um mich,
ich nehme seine Hand in meine und bitte ihn: „Pass auf mich
auf und halt mich fest."

Ich wache auf. Befinde mich in einem düsteren Treppenaufgang. Weiß nicht, wie ich hierherkam und wo genau ich
eigentlich bin. Und ich bin allein. Ich weiß, dass ich vorhin,
nachdem ich diese scheußliche Tablette nahm, schwach wurde, und während mein Körper ausgeklinkt, kraftlos in die Kis-

sen sank, ratterte mein Geist auf Hochtouren weiter. Es war, als wäre ich bei vollem Bewusstsein in meine bewegungsunfähig gemachte Hülle eingesperrt worden. Die Tablette hatte der Grässlichkeit meines Befindens nichts genommen, alles war noch gegenwärtig. Mir wird klar, dass ich eingeschlafen sein muss und dass das hier jetzt ein Traum ist und dass ich jetzt, da ich mich nach außen hin weder mitteilen noch bewegen kann, meinen Träumen ausgeliefert sein werde. Ich erinnere mich der Symbolik, die einen Treppenaufgang im Traum darstellen könnte, und sprinte die Stufen hoch, als wäre dies hier die bildgewordene Spirale, von der die Rede war, dieser verflixte Trichter, in dem es mit mir abwärts ging. Doch weder komme ich irgendwo an, noch ändert sich hier etwas. Es bleibt düster und die Treppenabsätze verlaufen wie eine Endlosschleife. Plötzlich höre ich hinter mir ein höhnisches Lachen und spüre eine Hand auf meiner Schulter. Panik ergreift mich und ich laufe noch schneller. Das gehässige Lachen ist hinter mir her und plötzlich dreht sich die gesamte Umgebung. Das Bild kippt, sodass es nun den Anschein erweckt, ich wäre die ganze Zeit, in der ich meines Erachtens nach nach oben sprintete, eigentlich tiefer ins Schlamassel nach unten gerannt. Dieser Umstand zwingt mich stehenzubleiben. Wohin jetzt? Nach oben, welches vorher unten war, oder unten, welches ebenso oben sein könnte? Abgehetzt halte ich hinter mir Ausschau nach dem Jemand, der mich angetippt hatte. Doch er ist weder hinter mir, noch eine Person. Es scheint eher so, als wäre es das Um-Mich-Herum. Es hat die Macht, mich in meiner Hilflosigkeit, in seiner Täuschung herumrennen zu lassen, und obendrein verschafft ihm meine Angst, vielleicht auch meine Berechenbarkeit, ein gemeines, köstliches Vergnügen. Sollte es ein Spiel sein, dann bin ich wohl das dumme, gequälte Spielzeug. Ich höre auf, wie eine Blöde hier herumzurennen. Ja, ich höre auf, ich habe verloren. Setze mich auf eine Stufe und lehne den Kopf ans Geländer. Was immer jetzt noch kommen mag, kommt sowieso. Ich gebe auf. Es bleibt düster, aber jetzt, da ich in dieser Irrationalität für mich etwas völlig Irrationales tue, eigenartig ruhig. Ich singe. Als gehe mich das Um-Mich-Herum überhaupt nichts mehr an, sitze ich dort und singe ganz für mich allein. Singe frei heraus mit Melodie und Text, wie es gerade herauskommen mag. Ich singe von der Sehnsucht nach dem Zuhause-Gefühl.

Mein Gesang ist alles andere als publikumsgeeignet, aber er verschafft mir eine winzige eigene Anerkennung. Neben meiner Naivität, in die ich mich verrannte und alles verkehrt gemacht hatte, neben meinem bitteren Versagen, schien ich doch mit etwas Wertvollerem als der Macht des Drumherum gesegnet zu sein. Und überraschend werde ich gelassen und ruhig. Und noch überraschender empfinde ich plötzlich diese Kostbarkeit als Stärke.

Schwups, stehe ich im Eingangsbereich eines Wohnhauses und möchte nur eines: es verlassen. In völlig normaler Erwartung somit ins Freie zu gelangen, gehe ich selbstverständlich durch die Haustür und befinde mich daraufhin unerwarteterweise erneut in einer anderen Diele, in der gleichen Position wie zuvor. Finde es seltsam, habe aber keine Zeit darüber nachzudenken, weil ich immer noch dringend hier raus möchte. Zügig laufe ich die paar Schritte zur Tür, ergreife die Klinke, öffne die Tür und befinde mich prompt wieder inmitten eines anderen Hausflures. Verzweiflung ergreift mich und lässt mich wieder und wieder durch unzählige Haustüren gehen, um doch nur an derselben Stelle gefangen zu bleiben.

Und so zieht es mich weiter und weiter durch eine Odyssee von Traum zu Traum. Bis ich schließlich erleichtert darüber aufatme, endlich aufgewacht zu sein, um kurz darauf verzweifelt festzustellen, dass irgendein Detail nicht stimmt und ich eigentlich doch schlafe und das „Hier" nicht mein Zuhause, sondern irgendein anderer Ort in einem Traum ist.

Es gibt unzählige Arten von Ängsten. In dieser Nacht gesellte sich zu den meinen eine mir bis dahin noch nicht in den Sinn gekommene hinzu. Im Traumzustand stecken zu bleiben. Immer wieder, während ich zwischen den Endlosschleifen des vermeintlichen Erwachens switche, sage ich mir auf, wer ich bin, wie ich heiße und wo ich hingehöre. Und manchmal scheine ich es in der ein oder anderen Version vergessen zu haben und ich merke nur, dass irgendetwas nicht stimmt und es dauert, bis ich mich erinnern kann. Der dringende Wunsch, daheim in meinem Körper, meinem Bett, meinem Zuhause aufzuwachen, bleibt, solange die Medizin wirkt, ungehört. Aber das ist doch der Ort, an dem ich sein möchte. Zu Hause! Es gibt keine Pausen. Keine Erholung. Keine Zeit, zum Nachdenken. Ich schaffe es nicht, bin einfach zu schwach, um auf die tobenden, endlosen Angstvarianten nicht mit Verzweiflung und Flucht zu reagieren, während mein Körper ausgeklinkt bleibt.

– 7 –

Mit dem Spaten bereite ich die Beete vor. Eine schwere Schinderei. Während ich mich für ein kurzes Verschnaufen auf den Griff stütze und darüber nachdenke, wie irre es ist, dass ich mittlerweile von den Träumen im Traum träume, schweift mein Blick in die Ferne. Den blauen Horizont entlang, bleibt an den Hügeln, den „grünen Sieben", hängen. Ein gellender Schrei aus den Lüften durchfährt die Mittagsruhe des Tales. Am Himmel zieht der Rote Milan seine Kreise. Und nochmal entfährt diesem gleitenden Riesen dort oben ein fordernder Schrei. *Schau her!* Und jetzt, da er meine Aufmerksamkeit in die luftigen, blauen Weiten da oben gelenkt hat, gewinnt er an Höhe und seine Kreise werden immer größer, bis er irgendwo als Punkt mit dem Azur verschmilzt. Als könnten Freiheit und innigste Verbundenheit eins sein.

„Bin in ein paar Tagen (durchgestrichen) Bin bald zurück." Gern hätte ich dem Zettel auf dem Küchentisch hinzugefügt, warum und wohin ich jetzt sofort aufbrechen muss. In meinem Kopf höre ich Enne, wie er meinen Entschluss, einem Impuls zu folgen und loszuziehen, ohne zu wissen wohin, eine kopflose Kurzschlussreaktion nennt, und sehe seinen verständnislosen

Blick. „Aber es fühlt sich jetzt so richtig an", erwidere ich dem gedanklichen Gesichtsausdruck von Enne. Er würde es nicht verstehen und mir dennoch die Freiheit lassen, meiner „Verrücktheit" folgen zu dürfen. Ich kann mich glücklich schätzen, einen Partner an meiner Seite zu wissen, der mir alles entgegenbringt, was jemand wie ich braucht, um die Bodenhaftung zu behalten, und mir dennoch beim zeitweiligen „Abheben" nichts in den Weg stellt. Er lässt mich einfach gewähren, weil ich das wahrscheinlich ab und zu brauche, um Ich zu sein.

So flitze ich durch das Haus und packe zusammen, wovon ich denke, dass ich es die nächsten Tage und Nächte im Freien benötigen werde, gefolgt von Bedenken der Vernunft und dem lautstarken Winseln und Jaulen draußen vor dem Haus, welches nun wiederum von kurzem, monotonem Bellen gleichmäßiger Intervalle abgelöst wird. Es klingt wie eine Aufforderung: „Komm! Komm! Komm! ... Wau, Wau ... Komm! Komm! Komm! ... Wau, Wau ..." Wohl mehr, um meine Nervosität abzuschütteln, um mich auf das Packen konzentrieren zu können, und nicht, um den Hund zu beruhigen, rufe ich: „Schon gut, Inar!" Doch Inar bleibt hartnäckig: „Komm! Komm! Komm! ..." Dieser Hund! „Inar! Aus! Hör auf damit!" Warum schimpfe ich überhaupt?! Sie wird bellen, bis ich mich draußen sehen lasse und wir losgehen können.

Mit Schlabberpulli, hochgekrempelten Hosen, festem, schwerem, selten getragenem Schuhwerk, Ennes gefütterter Jacke um die Hüften gebunden und der vollgestopften alten, ausgeblichenen Kraxe auf dem Rücken, obendrauf mit Rolle aus Zelt, Schlafsack und regendichter Plane fest verschnürt, und einem an der Seite baumelnden Topf und einer Kartusche, öffne ich die Tür.

„So ...", und ehe ich meinen Satz beende oder einen Fuß über die Schwelle gesetzt habe, zischt Inar ab wie eine Rakete. Sie spurtet los, bis sie aus meiner Sichtweite verschwunden ist. „... Wir können losgehen", bemerke ich kopfschüttelnd. Einmal tief durchatmend folge ich ihr und unsere Reise nach „Ichweißnichtwo" beginnt.

Vor mir erstreckt sich der altvertraute Trampelpfad, im Sommer gesäumt von hüfthoher, dichter, blühender Wiese, aus der, neben pastellbunten Blütenköpfen, vereinzelter knallroter Klatschmohn und leuchtend blaue Kornblumen hervorlugen. Aber noch kleben die nassen, ausgelaugten Grasbüschel des vergangenen Jahres grau und trist auf der braunen, matschigen Erde. Darunter blitzt hier und dort bereits neues frisches Grün hervor. Ich versuche, möglichst vielen Pfützen auszuweichen, hüpfe dabei zwischen dem linken und rechten Rand des Pfades hin und her und bin gespannt, ob die Schuhe, an deren Profil jetzt schon eine dicke Matschsohle klebt, etwas taugen. Nicht mehr lange und dann verschwindet der Pfad zwischen den Sträuchern, um sich durch den angrenzenden Wald hinfort zu schlängeln. Von weiter vorne galoppiert ein kleines beiges Pünktchen auf mich zu, welches mit schwindender Distanz die Form meiner Hündin annimmt. Trotz ihres enormen Tempos kommt sie abrupt zum Stehen, ohne mir dabei die Beine wegzufegen.

Nun, da sie sich die Aufregung ganz offensichtlich aus dem Leib gesprintet hat, läuft sie auf federnden Pfoten mal vor mir, mal neben mir, bleibt hier und dort an etwas schnüffelnd zurück, holt wieder zu mir auf, trabt schließlich an mir vorbei und ab und zu bleibt sie wie angewurzelt aufhorchend stehen. Immer um mich herum, wie ein kleiner Mond, der seinen Planeten umkreist. Während ich sie so beobachte, denke ich an den Traum, den ich in der Nacht nach meiner erfolglosen Spiegelrecherche hatte. In ihm wachte ich morgens auf, ging wie immer zum Fenster, blickte hinaus und sah, dass es über Nacht geschneit hatte.

Es hat geschneit! Endlich!, dachte ich. Yasmin wartete doch schon seit Wochen sehnsüchtig darauf. Winteranfang? Und dann passierte etwas, das ich bis dahin noch nie in einem Traum so wahrnahm. Skepsis schlich sich ein. Nicht überrumpelnd, nein, ganz vorsichtig. Zuerst war da nur eine kleine Empfindung. Eigentlich müsste doch der Frühling begonnen haben. Doch mein

Verstand reagierte nicht wie üblich darauf, indem er angesichts der Tatsachen diese leise Vermutung beiseiteschob. Er zog sie in Betracht und ließ sie zu. Daraufhin gesellte sich ein weiterer Sinneseindruck. Es war, als wäre zwischen Einschlafen und Aufwachen keinerlei Zeit vergangen. Und auch diesen Gedanken nahm mein Verstand ohne Gegenwehr auf, ließ ihn einfach als Wahrheit zu, und nun, da beides Fühlen und Denken sich gleichberechtigt miteinander verband, entfaltete sich die Freiheit dieser Neuheit, das sonst verborgene Traumgeschehen bewusst zu erfahren. Entspannt ruhte ich in der neu zugelassenen Entdeckung, dass nichts Seltsames dabei sein muss, in einer Frühlingsnacht einzuschlafen und nahtlos, also ohne ein Dazwischen, in einem Wintermorgen aufzuwachen. So stand ich nun dort, wie ein frisch dahin gezaubertes, scheues Reh, das sich verlaufen hatte, um eine Lichtung zu entdecken. Schaute mich um, war beglückt über die Möglichkeit dieser Situation. War bereit, jeden Eindruck aus dieser Umgebung aufzunehmen. Eigentlich befand ich mich in einem ganz normalen Zimmer in einem ganz normalen Haus, und doch wagte ich mich keinen Schritt weit von der Stelle, als sich plötzlich ein mir vertrauter Kopf sanft an meinen Oberschenkel schmiegte und unter die Hand schob. Diese sanfte, mir sehr vertraute Geste konnte nur von einem Wesen stammen. Meiner Inar. Gerade wollte ich mich zu ihr hinunter knien, ihren Kopf in meine Hände nehmen und sie begrüßen, als ich vor dem, was ich jetzt sah, zurückwich. Neben mir wedelte ein graubraun gestromter Hund mit kurzem rauem Fell. Meine Augen meinten, es wäre ein anderer Hund. Anzunehmen, was rein äußerlich offensichtlich schien, verwarf sich, als mich aus der ergrauten Schnauze erwartungsvoll die treuen, lieben Augen der Hundeseele anschauten, die ich nur allzu gut kannte. Ein Irrtum blieb ausgeschlossen. Hier stand meine Inar wahrhaftig in anderer Gestalt vor mir. Ob es sein kann und wie es möglich ist, solche Fragen tauchen, während man Wahrhaftigkeit erlebt und hinnimmt, nicht auf, und so begrüßte ich mein altes Mädchen. Und Inar tat, was sie jeden Morgen nach unserer Begrüßung macht, drehte sich um und trollte gemächlich zu ihrem Schlafplatz, um sich dort wieder gemütlich niederzulassen. Doch was war das? Wie sich von hinten unschwer erkennen ließ, war mein altes Mädchen kein Mädchen, sondern ein Rüde. Sozusagen ein Inarius. Humorvolles Erstaunen und Entzücken gesellten sich nun zu meinen Empfindungen im nahtlosen Andersmorgen.

Der Anblick der Anderseinrichtung um mich herum war neu, wirkte jedoch keinesfalls befremdend. Dass ich hier in solch einer Intensität das allererste Mal auftauchte und die Umgebung als vertraut empfand, darin lag absolut kein Widerspruch. Beglückt und fasziniert genoss ich meine neuentdeckte Art des Erlebens und das in einer Seelenruhe, wie ich sie bisher noch nicht kannte.

Deshalb, und natürlich aus Neugier, begann ich, mich wie eine Fremde im eigenen Zuhause umzusehen. Da ich immer noch vor dem Fenster stand, fing meine Erkundung dort noch einmal an. Ich schaute also hinaus und war ein wenig enttäuscht, weil mir ein anderes Haus direkt gegenüber die Sicht verwehrte. *Naja, gut, kein Grund, enttäuscht zu sein,* fand ich mich schnell damit ab. Wenn mich hier nicht die gewohnheitsmäßige Weitsicht erwartete, musste ich mich eben mit dem Naheliegenden dort unten begnügen. Immerhin befand sich dort ein kleiner Garten mit einem Teich, über dem sich eine hübsche Brücke zu einer Sitzecke spannte. Es wirkte ein bisschen wie eine kleine, künstlich arrangierte Oase, geschaffen aus Naturverbundenheit. Sehr friedvoll und zum Durchatmen einladend. Neben zwei großen alten Schwarzkiefern wurden drei junge Laubbäume in gleich großen Abständen zueinander, wahrscheinlich erst im Herbst, neu gesetzt. Dünn und kahl sahen sie aus. Vom Betrachten des Gärtchens dort unten, unterstützt von der dünnen Schneedecke, die darüber lag, ging ein stark beruhigendes Gefühl aus, welches meine Gedanken über mein Zuhause mit dem Winterbeginn im Frühjahr schweifend vermischte und die Landschaft um mich herum verschwimmen ließ. So wachte ich erneut in dieser Nacht auf und labte mich bis zum Morgengrauen an den Gedanken meines friedlichen, kleinen Wundertraumes.

„Bleib stehen!" Wie vom Blitz getroffen und aus den Tagträumen geschmettert drehe ich mich um. „Ygge! Wie kommst du hierher?", frage ich und stelle ebenso erstaunt fest, dass ich das Wäldchen bereits fast durchquert habe. Während Inar um Ygges Beine schwänzelt und mit feiner Nase all die unsichtbaren Informationen aufnimmt, die meine Schwester an ihrer Hose mitgebracht hat, beugt sich Ygge nach vorn, stützt sich mit den Händen auf ihre Knie und ringt nach Luft. Langsam beruhigt sich ihr Atem.

„Na, Inar, nach wem rieche ich? Allims? Lässt er dich schön grüßen?", wuschelt sie dem Hund durchs Fell und kichert, da Inar jetzt so intensiv an einer Stelle ihrer Wade schnuppert, dass ihre Barthaare durch den Stoff pieken. „Ist der große, furchtlose Allims an seinen Hofe zurückgekehrt?", frage ich erfreut. In Ygges Familie ließen alle seit Tagen die Köpfe hängen, keiner rechnete mehr damit, dass der alte, weiße Kater, nachdem er wochenlang verschwunden blieb, je wieder auftauchen würde. Theatralisch hebt Ygge beide Hände, richtet ihren Blick nach oben und ruft: „Dem Himmel sei Dank!" „Ygge, was machst du hier?" „Nein, Schuna, die Frage ist doch, was du tust. Da komme ich bei euch vorbei, um dir ein gutes Buch zu bringen und mir die Eier abzuholen, und finde einen Zettel auf dem Küchentisch ..." „... Und rennst los, um mich blindlings zu suchen?!", beende ich ihren Satz. „Was, wenn ich in den Ort oder woanders entlang gegangen wäre?" „Nicht durchs kleine Wäldchen? Dass ich nicht lache! Jeder deiner Ausflüge führt da durch. Und übrigens kam ich gerade aus der Ortschaft. Also, was ist los?" „Ygge, geh heim! Ich erzähl dir alles, wenn ich wieder da bin." Mit großen Augen, die sie immer bekommt, wenn ihr Ton energischer wird, fährt sie mich an: „Bist du noch zu retten? Glaubst du, ich renne mir die Lunge aus dem Leib, um mich ohne Aufklärung wieder nach Hause schicken zu lassen? Sag mir jetzt gefälligst, was los ist!" „Du würdest es nicht verstehen und ich hab jetzt keine Zeit für lange Diskussionen. Wenn ich die erste Nacht nicht im Freien verbringen möchte, muss ich noch, bevor es dunkel wird, den Tregeishof erreichen ..." Ehe ich ausreden kann, kommt von ihr ein: „Keine Sorge, Kleine, wir haben genügend Zeit." Und erst jetzt, wo sie ihre Hand unter den Gurt schiebt, bemerke ich meinen alten Wandersack, der quer über ihre Schulter gespannt, viel zu tief an ihrer Hüfte baumelt. „Du bist verrückt! Woher wusstest du? ... Und deine Familie? ... Du willst mit? ... Mit mir?", stottere ich zusammen. Mit allem hätte ich gerechnet, nur nicht mit Spontanität bei meiner großen Schwester, und dies brauche ich erst gar nicht zum Ausdruck zu bringen, da sie sich bereits mit einem knappen „Ja!" und einem breiten Grinsen in Genugtuung über mein Erstaunen stolz vor mir aufbaut. Mein Blick wandert von ihren vor Abenteuerlust sprühenden Augen hinunter auf meinen alten Sack. „Im Keller oder auf dem Dachboden?" „Rate!", nestelt sie am Gurt, um ihn auf ihre Größe einzustellen. „Dachboden?" „Falsch, Keller. Ich hab den Zettel gelesen, ein ‚Ich auch, sagt bitte meiner Familie Bescheid, Ygge' hinzugefügt, bin schnurstracks in euren Vorratskeller geflitzt und während ich noch am Überlegen war, worin ich die zusammengerauften Dinge transportiere, da lugt dieses Teil, von welchem du seit Jahren behauptest, es sei verschwunden, wie durch Zauberei hinter der Kartoffelkiste hervor. Sag mir nur, wie lange ‚bald' ist." „Na, du hast vielleicht Nerven! ‚Bald' bedeutet, dass ich zurückkehre, sobald ich etwas erledigt habe." „Ja und?" Entrüstet erwidere ich: „Ja und? Ich bitte dich, was heißt hier ‚ja und'? Verrate mir doch mal, wie du dir dein ungeplantes Wegbleiben von der vielen Arbeit, den vielen Viechern auf eurem Hof vorgestellt hast? Oki schafft das nicht allein, der kommt ohne dich nicht zurecht und deine Söhne werden über die zusätzliche Schufterei auch höchst erfreut sein. Niemand bei euch kommt ohne dich zurecht." „Dann müssen sie es lernen", poltert es mit fester Entschlossenheit und ein wenig Groll aus ihr heraus. Ich fasse es nicht, so kenne ich sie gar nicht. „Vielleicht hilft ja Kird etwas aus", setzt die alte Ygge, so wie ich sie eigentlich kenne, mit Sorge und Schuldbewusstsein nach. Ich lache. „Was, bitteschön, ist daran so lustig?", empört sich meine Schwester. „Ich stelle mir deinen Mann und unseren Bruder gemeinsam bei der Versorgung eures Hofs vor. Der

Kopflose und der Künstler. Und deine Kinder?" Trotzig entgegnet sie: „Sie werden es lernen!" „Was werden sie ohne dich lernen?" „Mit Unregelmäßigkeiten und Künstlern umzugehen. Mensch! Das sind schon große Jungs!"

So etwas aus dem Munde unserer Ygge, die seit ihrer ersten Schwangerschaft eine Entwicklung zur perfektionistisch allumsorgenden Familienglucke durchläuft. „Komm jetzt. Wir wollen heute noch am Tregeishof ankommen!", fordert meine spontan selbsternannte Wegbegleiterin und stapft erzürnt über das Ausbleiben meiner Begeisterung und die Äußerungen der Bedenken, die sie ohnehin schon selbst hegt, los. Wir hatten nun das Wäldchen durchquert und bevor wir die „steile Wand" erreichen würden, ging es auf einem breiteren Weg bequem geradeaus. Nachdem wir eine ganze Weile stumm nebeneinander hergelaufen waren, fragt sie mich: „Was hast du nun eigentlich vor?" „Keine Ahnung. Ich bin einfach einer Eingebung gefolgt."

„Na klar! Ganz typisch. Hätt' ich mir ja denken können." „Bitte?" „Keller, Dachboden, Eingebung ... merkst du das eigentlich?" „Was?" „Und so naiv! Auch typisch." „Kannst du bitte so deutlich werden, dass ich in meiner Naivität verstehe, worauf du anspielst?" „Fast jede deiner Handlungen verbindet Symbolik. Was heißt fast. Jede!" „Du übertreibst." „Ich übertreibe? Kennst du außer dir noch jemanden, der zum Beispiel die Kellertreppe wischt, nachdem man ihn auf unliebsame, unbewusste Eigenheiten hingewiesen hat? Oder dein Dachboden. Jeder stellt dort die Dinge ab, für die sich gerade keine Verwendung findet. Nur du tust es nicht wahllos. Ein Blick auf deinen Dachboden ist wie ein Blick in deine Zukunftswünsche. Das verstaubte Klavier, eine alte Schreibmaschine, unsere alte Wiege und so weiter, alles andere als Sachen, die du nicht mehr brauchst, nein, der ganze Kram, für den du noch Zeit finden möchtest. Und jetzt erfahre ich, dass du wegen einer Eingebung unterwegs bist. Ich dachte, es sei etwas passiert. Ihr hättet euch gestritten oder so etwas in der Art. Weißt du, ich falle jeden Abend völlig erschöpft in mein Bett. Zwischen füttern, kochen, waschen, schlichten, schimpfen, Ställe ausmisten und Gartenarbeit hätte ich überhaupt keine Zeit für Eingebungen oder solchen Firlefanz, der dir ständig durch den Kopf zu schweben scheint."

„Was regst du dich so auf? Meinst du, ich hätte zu viel Zeit und solle mich lieber um Wichtigeres kümmern?" „Nein, mir ist nur unbegreiflich, warum du solche Spinnereien so wichtig nimmst. Du hast eine wunderbare Familie und ohne deine Arbeit gäb' es in der Ortschaft kein Geschirr." „... sprach die große kluge Schwester und alle waren zufrieden und glücklich bis an ihr Lebensende. Ach, Ygge, ich weiß ..., aber ich weiß es doch auch nicht." Jetzt kommt mir mein Verhalten fast schändlich vor und die egoistischen Gründe, aus denen ich loslief, fast lächerlich und außerdem bin ich fast sauer auf Ygge, weil sie es so darstellt. Aber ich würde ihr immer erzählen, was mir durch den Kopf schwirrt, weil es leicht ist, Ygge alles zu erzählen. Sie hört nicht nur zu, sie hört genau hin. „Und warum grinst du jetzt so?", fragt sie. Das Lächeln, welches sich über mein Gesicht legt, während ich darüber nachdenke, wie sehr wir trotz unserer Unterschiedlichkeit doch verbunden sind, habe ich gar nicht bemerkt. „Weißt du, in meinen derzeitigen Träumen bist du ein ganz anderer Mensch", antworte ich und sie verdreht die Augen und winkt ab. „Ich geb es auf mit dir! Erzähl mir halt von deinen Träumen." „Ein ‚anderer Mensch' ist vielleicht die falsche Formulierung. Du bist dort schon die Ygge. Ich erkenne dich jedenfalls als meine Ygge. Wie drück ich es am treffendsten aus? Dein Lebensstil ist ein anderer, also die Umstände und auch dein Aussehen unterscheiden sich etwas von dem hier." „Na, nun wird es aber interessant." Neugierig fordert sie mich auf: „Erzähl weiter, damit ich mich daran erfreuen kann." „Na schön. Dort bist du die kleine Schwester und wohnst allein in einer Wohnung im Dachgeschoss eines, wie ich finde, sehr schönen roten Hauses", beginne ich vorsichtig. „Oh, nur für mich? Welch Ruhe und Erholung. Das klingt nach purem Luxus." „Ruhe? Ja, naja, als ich mit dir dort raufgegangen bin in deine Wohnung und du die Tür aufgemacht hast, da hatte ich so den Eindruck, dass es für jene Ygge besser wäre, jemand würde sie begrüßen. Jemand, der mit ihr dort wohnt, auf sie wartet und sich freut, wenn sie nach Hause kommt. Jemand, der etwas Trubel um sie herum macht", taste ich mich vorsichtig weiter vor. „Du wieder! Wie bin ich eingerichtet?" „Geschmackvoll, hell und freundlich, praktisch und deinem dortigen Lebensstil angepasst." „Schuna!" „Über eine kleine Diele kommt man in Stube, Schlafzimmer, Bad und Küche. Mit Details kann ich dir leider kaum dienen, da meine Aufmerksamkeit überwiegend an den Fotos klebte, die du am Eingang über der Tür aufgehängt hast. Du bist sehr ordnungsliebend, nahezu krankhaft. Die akribische Hüterin der festen Plätze, an denen du all deine Dinge seit Jahrzehnten positioniert hast." „Gefällt mir." Die mageren Auskünfte über ihre Wohnsituation in meinen Träumen und ihre Vorstellung davon scheinen sie offenbar zu entzücken. „Dein Dreimännerhaushalt mag oft anstrengend sein, aber dort wirkst du, als hättest du dich in steriler, zurückgezogener Einsamkeit eingerichtet." „Was ist mit Attak Aschurak und meinem kleinen Inan Thalie? Kamen die nicht in deinen Träumen vor?", erkundigt sie sich zögernd nach ihren Kindern. „Es gibt zwei Familienmitglieder, bei denen ich das Gefühl hatte, dass sie es wären." Ihr Gesichtsausdruck entspannt sich. Fasziniert rutscht ein „Verworren" aus ihr heraus. „Die beiden kümmern sich oft um dich und du dich ebenso um sie. Bitte lach' jetzt nicht, es klingt unvorstellbar, aber wir haben dort noch eine Schwester. Sie hat ein Kind. Unsere Nichte." „Soll das etwa heißen, meine Jungs sind dort Mädels? Eine Schwester und eine Nichte? ... Du kannst Träume haben. Lass sie das bloß nicht hören, ich glaube nicht, dass sie so einen Quatsch lustig finden." Für ein paar Minuten stapfen wir wieder schweigend nebeneinander her. „Wohnen die beiden auch in dem schönen roten Haus?", fragt sie. „Nein. Die beiden haben ihr eigenes kleines Häuschen. Sehr gemütlich mit Hund, Katze und Garten. Du bist oft bei ihnen. In dem Haus, in dem du lebst, wohnen noch andere Familien, aber es ist nicht wie bei uns. Dort leben die Leute zwar unter einem Dach, kennen sich jedoch kaum. Grüßen sich, reden übers Wetter und verschwinden in ihre Wohnungen. Sind so zugeschlossen wie ihre Türen." „Ich etwa auch? Warum?" „Das tun dort alle. Keine Ahnung, warum. Aus Sicherheit, Misstrauen? Ich denke, sie werden von Ängsten beherrscht, die uns gänzlich unbekannt sind. Glaub mir, ich erinnere mich zwar sehr gut an diese Träume, doch verstehen tue ich sie nicht." „Was ist mit Oki? Wo oder wer ist mein Mann?" So, so, ganz für sich allein klingt nach purem Luxus, aber dennoch sind die ersten, nach denen sie in meinen Träumen Ausschau hält, ihre drei Jungs. Ich zucke mit den Schultern. „Kird, dem bin ich begegnet. Er ist auch dort unser Bruder und, stell dir vor, er hat einen Sohn!" Innerlich wundere ich mich, wie begeistert ich mich jetzt anhöre über eine Welt, die sich in meinen Träumen alles andere als gut anfühlte. „Nein, das glaube ich nicht! Kird und eine eigene kleine Familie?" Jetzt klingt Ygge auch schon so, als sprächen wir hier über ein real existierendes Nachbardorf. „Ja, wer hätte das gedacht!" Ich teile ihr Erstaunen und bedauere schon im Voraus, auch den Rest mitteilen zu müssen. „Allerdings hat er sich von seiner Frau getrennt und lebt allein. Wie du in einer Wohnung, jedoch in einer Siedlung, in der die Häuser ‚Blocks' genannt werden und aussehen wie hinter- und nebeneinander aufgereihte Würfel." „Hm, also doch unser Kird." Keineswegs betrübt darüber nimmt Ygge es hin, als wäre es nicht anders denkbar.

Die „steile Wand" ringt uns einiges an Puste ab. Zügig marschieren wir, dem Pfad folgend, steil bergauf und vermeiden es dabei, miteinander zu reden. Links erstreckt sich neben unseren Köpfen, wie eine Wand, nach oben strebend dunkler Fichtenwald, durchsetzt von Felsgestein, das hier und da von der Witterung blankpoliert aus dem Nadelboden lugt. Rechter Hand blicken wir durch Baumkronen in eine tiefe Schlucht, deren Grund nur durch das Rauschen des vom Schmelzwasser angefüllten Wasserlaufs bis zu uns nach oben hallt.

Nachdem wir die Hälfte des Aufstiegs hinter uns gelassen haben, bleibt Ygge stehen und beugt sich tief ausatmend nach vorn und deutet mir dabei mit einer Geste, eine Pause einzulegen. Keuchend lehne ich mich an einen Fels. Mein Herz pumpt vor Anstrengung so heftig, dass ich es in meinem Kopf pulsieren höre. Wir trinken kleine Schlucke aus unseren Flaschen und als Inar, die weiter oben wohl bemerkt hat, dass wir zum Stehen gekommen sind, zu uns zurückläuft, gieße ich Wasser in meine hohle Hand und biete es ihr an. Inar möchte nicht trinken, nur weiter. Das kühle Nass rinnt durch meine Finger auf den Boden und hinterlässt dunkle Sprenkel. Mit immer noch schwerem, aber schon ruhigerem Atem ringt Ygge ein fragendes „Schuna?" und ich ein „Ja?" heraus. Sie atmet noch ein paar Mal laut durch und als sie wieder in der Lage ist, ganze Sätze zu sprechen, bittet sie mich: „Wenn du das nächste Mal dort träumst, könntest du dann nach Oki Ausschau halten?" „Ich versuche es. Versprochen!"

– 9 –

Die Sonne steht längst nicht mehr über uns und schnell wird es kälter. Aber durch das Laufen ist mir warm. Zu warm. Ich ziehe meine Jacke aus und binde sie mir wieder um die Hüfte. Die „steile Wand" haben wir erklommen und nun befinden wir uns auf ihren Ausläufern kurz vor der Schäferwiese. Nach der nächsten linken Abbiegung, hinter der Gruppe krummstämmiger Eichenbäume, die ihre starken, ausladenden Äste aus dem Schatten hinüber zur luftigen Wiese strecken, sodass sie ihre belaubten Häupter dem Licht und der Wärme der Sonne entgegenstrecken, empfängt uns die Grasebene, auf die Ilipo nun bald wieder seine „Truppe", so nennt er sie liebevoll, seine kleine Schafherde, hinausschicken wird.

Eine Windböe, die durch die Eichenkronen fährt, bringt die abgestorbenen braunen Blätter des letzten Jahres zum Rascheln. „Yasmin würde behaupten, dass die Bäume zueinander flüstern." Ygge feixt, verbeugt sich, nimmt einen unsichtbaren Hut von ihrem Kopf und ruft nach oben: „Meine sehr verehrten Damen, hat es sich herumgesprochen? Sogar hier oben? Frau Schuna vom Hause am Wäldchen ist auf dem Grübelweg der Traumangelegenheiten unterwegs! Hat man so was schon gehört?" Ich lache: „Du bist doof."

Endlich, jetzt wo sich vor uns die Schäferwiese erstreckt, bedeutet es, dass der größte Teil unserer Strecke geschafft wäre. Nun müssten wir den Tregeishof vor Einbruch der Dunkelheit locker erreichen. „Lass uns eine Pause machen", bitte ich Ygge, während ich mein Gepäck bereits fallen lasse und welches daraufhin sogleich von der schwanzwedelnden Inar mit feiner Nase inspiziert wird. Ich prüfe ein Fleckchen Wiese auf Trockenheit, um meine Jacke als Sitzunterlage darauf auszubreiten. Weil der Hund nicht ablassen kann, fällt mir etwas ein. „Ygge, ich kann zaubern!", behaupte ich und ziehe einen geräucherten Bratwurstring aus einem der vordersten Fächer. Ygge starrt wie hypnotisiert darauf und ihr läuft das Wasser so sehr im Mund zusammen, dass sie schlucken muss. Ich weiß, wie gern sie geräuchertes Fleisch mag, und deshalb wedle ich mit meinem Ring noch etwas vor ihrer Nase herum, bis ich ihn ihr schließlich in die Hand drücke. Inar hingegen scheint der Geruch der Leckerbissen kurioserweise nicht mehr so wichtig zu sein. Sie läuft unruhig ein Stück weiter, kommt winselnd zurück und wiederholt es ständig. Als möchte sie uns etwas zeigen oder mitteilen. „Der ist ganz allein für dich, wenn du Inar ein kleines Stückchen abgibst." „Also, weißt du, ich bin zwar hungrig, aber kein Gierschlund. Den teilen wir selbstverständlich durch drei!"

„Nein, der ist für dich …", erneut greife ich in meinen Zauberrucksack, „… und das für mich", befördere ich ein schönes gelbes Stück Käse ans Tageslicht, beiße ab und erzähle kauend mit vollem Mund, was mir dazu gerade noch eingefallen ist. „Übrigens, dort in meinem Traum rührst du nichts an, was mit Fleisch zu tun hat, nicht einmal, wenn es zusammen mit Fleisch in einer Pfanne lag." „Ist nicht wahr! Ich, kein Fleisch? Ach komm!"

„Kaum vorstellbar, was? Ich habe mich mit Attak, also unserer Dort-Schwester, darüber beschwert, dass wir euch, also dir und Inan Thalie, unserer Dort-Nichte, bei Familienessen immer eure „Extrawürste" braten müssen." „Mein Kleiner, kein Fleisch?" „Ja, ausgerechnet ihr zwei Wurstnarren. Ich glaube aufgeschnappt zu haben, dass er es der Tiere wegen tut." „Der Tiere wegen?" „Ja, aber dazu musst du wissen, dass der Umgang mit Tieren sich sehr von dem unseren unterscheidet. Ehrlich gesagt tat mir sehr leid, was Lebewesen dort ertragen müssen. Aber vielleicht fehlt mir hierzu auch nur das Verständnis, weil ich die dortigen, umfassenderen Zusammenhänge nicht kenne. Mittlerweile träume ich schon fast jede Nacht von dort, dieser Welt, in der es von Leuten mit ihren komischen, wahnsinnigen Maschinen und ihren viereckigen Apparaturen, mit denen sie ständig beschäftigt sind, nur so wimmelt. Das ist doch nicht normal! Es muss doch einen Grund haben, warum ich ständig so träume. Ich fühle mich dort abscheulich, habe Panikattacken und so üble Albträume, dass ich sie, auch wenn sie in Worten fassbar wären, nie jemandem erzählen würde. Und dann war da vor Kurzem dieser Traum im Traum, dessen Details nur über Symbolik einen Sinn ergeben, der sich mir jedoch nicht erschließt. Meistens wache ich schweißgebadet und mit einem solchen Schwall übler Gefühle im Bauch auf, dass ich noch tagsüber daran zu knabbern habe. Das Verlangen, etwas tun zu müssen, irgendetwas beizutragen, damit ich mich dort so fühle wie hier, wird immer intensiver."

Bevor Ygge etwas erwidert, ergreift sie meine Schultern und dreht mich zu sich, sodass ich in ihre aufgerissenen Augen schauen muss. „Moment mal, soll das etwa heißen, du kannst dich daran erinnern, was du in einem Traum geträumt hast?" Und dann kracht es über uns. So ohrenbetäubend, dass Ygge und ich heftig zusammenzucken, sie mich aber dennoch wie aus Reflex am Arm gepackt hält, weil es mich sonst vor lauter Schreck auf den Boden gesetzt hätte. Ein Unwetter braut sich zusammen. Genauso schnell und unerwartet wie Gewitter hier oben auftauchen, genauso heftig kann auch ihr Verlauf werden. Zügig packen wir den Käse und die Wurst ein, werfen unsere Säcke über. Ich schnappe mir noch die Jacke und wir laufen los. Inar trabt dicht an unserer Seite mit gesenktem Kopf nebenher. Das ist kein gutes Zeichen. Hinter der Schäferwiese vor dem Buchenwald befindet sich das Mooshäuschen. Hoffentlich erreichen wir es, bevor der Regen losgeht. Ein starker Wind kommt auf. Düster ziehen graue Wolken den Himmel zu. Aus ihnen zucken Blitze auf die Erde nieder. Für Sekunden erleuchten sie alles ringsherum in weißgrelles Licht. Erneut kracht es so ohrenbetäubend, als bräche der Himmel über uns zusammen. Donnerschläge, die in der Ferne widerhallen und uns zum Schlottern bringen. Augenblicklich, als wir hastig durch die schmale Öffnung einer aus Baumstämmen und Zweigen zusammengeflickten und mit Moos abgedeckten Unterstellbaude, die überwiegend von Siebenschläfern bewohnt wird und die wir Mooshäuschen nennen, schlüpfen, prasselt ein kalter Platzregen nieder. Zusammengekauert hocken wir in unserem schützenden Unterschlupf und schauen wie aus einem Fuchsbau aus dem Loch den Wasserbindfäden zu, die Tropfen, die spritzend zu Boden gehen und sich zusehends in Pfützen ausbreiten. Ygge setzt an, wo wir durch unsere Flucht vor dem Unwetter unterbrochen wurden, und führt fort.

„Fang einfach mal von vorne an und dann möchte ich noch den Symboltraum deiner sonderbaren Traum-in-Traum-Welt hören, vielleicht erschließt sich mir dabei ja etwas."

„Ha, von vorne, du bist gut! Meinst du, ich träume dieses Doppelleben wohlgeordnet in chronologischer Reihenfolge? Hast du etwa noch nicht bemerkt, dass Zeitabfolgen wohl nicht die Richtlinien von Träumen sind? Wach über das Träumen zu berichten ist, wie mit den Händen Wasser aus einem riesigen See zu schöpfen. Es ist einfach nicht richtig greifbar und das Bisschen, das du aufgenommen hast, rinnt dir zwischen den Fingern hindurch." Ygge lacht: „Jetzt fisch mal in deinem See und befördere den Symboltraum ins Trockene." „Also schön", beginne ich. Und während ich mich daran erinnere, wie ich in jenem Traum einschlief und mich vor einem geschlossenen Fenster noch recht unbekümmert wiederfinde, legt sich, mit dem Wissen darüber, was sich dort abspielen wird und vor allem die Erinnerung an die bedrohliche Existenzuntergangsatmosphäre, ein Frösteln über meine Stimme. So erzähle ich, dass der Traum wie so häufig damit begann, dass ich in irgendeinem Zimmer vor einem Fenster stand. Jedoch interessierte mich die Aussicht dahinter recht wenig. Viel lieber wollte ich das Phänomen testen, durch geschlossene Fenster und Türen, ja sogar durch

Wände hindurch, schlüpfen zu können, als wären sie aus durchlässigem Material. Dort schien ich sowieso sehr viel herumzuexperimentieren. So wie ich es in anderen Dortträumen schon mehrfach ausprobierte, streckte ich meine Hand aus und wollte mit ihr durch die Fensterscheibe gleiten. Allerdings als meine Finger gegen jene Scheibe drückten und diese sich undurchdringlich wölbte, als wäre sie eine elastische, durchsichtige Haut, trat ich ein wenig erschrocken zurück. Kurios! So etwas war mir bisher noch nicht untergekommen. Erneut tippte ich mit dem Finger an die Scheibe, und wieder wölbte sich das Glas wie eine undurchlässige, durchsichtige Gummimembran. Da mir nun gezwungenermaßen nichts anderes übrig blieb, als davon abzulassen, fügte ich mich jener Gegebenheit und richtete meine Aufmerksamkeit nach innen.

In einem länglichen, schmalen Raum, in dem links und rechts Betten die Wände säumten, schliefen friedlich und fest meine Familienmitglieder aus jener Welt, von der es mich hierher träumte. Mucksmäuschenstill, um keinen aufzuwecken, durchquerte ich das Zimmer, um meine Erkundungen durch die einzig verbliebene Möglichkeit – eine Tür am anderen Ende – fortzusetzen, und verließ den Schlafraum. Dahinter verbarg sich ein weiterer Schlafraum, ein Durchgangszimmer ohne Fenster. Hier waren die Betten anders angeordnet, darin lagen alte, mir nur weitläufig bekannte Menschen, allerdings waren sie wach und verhielten sich recht merkwürdig. Es war mir sehr unangenehm, inmitten dieser Verrückten zu sein, und deshalb versuchte ich, ihnen keinerlei Beachtung zu schenken und zügig hindurch und weiter zu laufen, zur nächsten Tür, immer meinem Erkundungsdrang nach, welche noch tiefer ins Innere führte. Und plötzlich befand ich mich in einem großen Mittelgang einer Schule. Das Gebäude gestaltete sich in seinem Inneren jedoch anders als unsere alte Schule im Ort. Wahrscheinlich so wie eines aus jener Welt, aus der ich hierher gelangte? Ist, glaube, auch nicht so wichtig. Fenster gab es in diesem Gang auch keine und die Türen, die links und rechts abgingen, waren geschlossen. So war es recht düster und ich schien vollkommen allein in diesem Teil des Schulgebäudes zu sein. Der Gang, in dem ich nun stand, mündete direkt vor mir in einen Treppenaufgang, in dem die Stufen rechts nach oben und links nach unten führten. Doch was hier vor sich ging, war unbegreiflich. Ohne mich auch nur einen Schritt weiterzubewegen, nahm ich nach und nach die eigenartige, zutiefst erschütternde Atmosphäre wahr. Um meine Beine herum spürte ich wechselnde, in sich wirbelnde Strömungen, die mir bis zu den Knien reichten und sich wie ein Nebel auf den Böden der Schulflure entlang schlängelten. Sichtbar waren sie nicht. Aber fühlen konnte ich sie. Ich kannte ihren Ursprung nicht, aber konnte ihre extreme Fremdartigkeit – und bliebe ich ihnen länger ausgesetzt – die äußerste Bedrohung darin spüren.

Sie waren nicht nur unangenehm und schädlich für mich, sondern existenzraubend. Ich hatte keinerlei Ahnung über die Bedeutung dieser seltsamen Vorgänge. Und doch nahm ich an, dass dies mit meinen vielen vorangegangenen, leichtsinnigen, waghalsigen Experimenten, die ich in meiner Dortwelt so trieb, zusammenhängen musste und im höchsten Maße beunruhigend war. Warum war ich hier allein? Wo sind all die Schüler, die sonst immer durch die Gänge flitzen? Wo sind die Lehrer, die uns beibringen, mit Unheil umzugehen? Beistandslos war ich hier einer fremdartigen Strömung ausgesetzt. Plötzlich öffnete sich eine der Türen des Nebenflures auf der rechten Seite. Eine sehr offensichtlich als Gespenst verkleidete Person betritt den Horrorgang. Bevor ich über deren Erscheinen und die vertraute Ausstrahlung trotz Maskerade erleichtert sein konnte, schwirrte diese an mir vorbei, öffnete eine der Lehrerzimmertüren und war schon fast dahinter verschwunden, als ich mich an deren Fersen heftete, zu dieser Tür eilte und meine Hand in die Schwärze des Spaltes schob, die im Begriff war, sich zu schließen. Dabei bat ich sie gedanklich, bei mir zu bleiben und mich über die Veränderungen des Ortes aufzuklären. Tatsächlich und ehe sich die Tür vor mir verschloss, ergriff das Gespenst meine verzweifelte Hand. Das Leinentuch zwischen unserer Haut konnte die Wärme und Zuneigung, die von dieser mir mehr als vertrauten, menschlichen Hand ausging, nicht verbergen. Eine Geste, in der ich großes Mitgefühl und dennoch ein Zurücklassenmüssen und die Traurigkeit um mich herum wahrnahm. Als dürften diese Person und all die anderen mir nicht beistehen. So blieb ich ohne einen Hinweis zurück. Doch halt! Vor mir auf dem Boden stand nun ein Putzeimer mit Schrubber und Wischtuch. Was sollte das? Ehe ich mir Gedanken darüber machen konnte, vernahm ich seltsame Geräusche aus der Etage unter dieser. Über die Treppe drang in regelmäßigen Abständen ein metallisches Krachen und Rasseln herauf.

Um der Sache auf den Grund zu gehen – vielleicht könnte ich ja dort zu einer Erkenntnis gelangen – wagte ich mich unsicher und langsam einige Stufen hinunter. Kann Wärme unangenehm sein? Jedenfalls die Schwaden eines dicken, warmen Luftgemischs und das diffuse Licht, das mir von unten entgegen flackerte, waren es. Wie die Schmiede des Höllenfeuers strahlte auf halber Treppe aus, was sich im Untergeschoss austobte. Noch stockte ich und war nicht wirklich fest entschlossen, dem nachzugehen. Mein Verstand befahl mir trotz aller Neugier, auf gar keinen Fall auch nur einen Schritt weiterzugehen und sofort umzukehren, diesmal nicht der Naivität Folge zu leisten. Und all meine Sensoren wiesen darauf hin, dass ich mich bereits mitten im Dilemma auf einem Weg befand, der mit Vorgängen zu tun hatte, die zu verkraften ich außerstande war. So lief ich die Treppe wieder hoch. Jetzt wollte ich, dass alles wieder so wie früher sein sollte. Ich könnte nicht behaupten, dass die Szenen, die sich hier früher mit allen geliebten und unliebsamen Personen abspielten, immer angenehm und nie beängstigend waren. Jedoch waren sie eingebettet in gesunde Atmosphäre. Selbst Grusel, Angst, Scham, Ekel, Hilflosigkeit, und so weiter, alle unangenehmen Empfindungen jeglicher Art waren hier früher in dem Szenenspiel der Schule, wie keimende Samenkörner, die die Weiterentwicklung bestimmter Verhaltensmuster auf sicherem Untergrund überwinden und wachsen ließen. Aber diese neuen Vorgänge brachten die Ratlosigkeit in mein fremdartig verwaistes Schulgebäude. Deshalb tauchte ich von hier kurz ab in ein vergangenes Leben und dies ging so selbstverständlich, als blättere man in einem Buch ein paar Kapitel nach vorne. Es war, als müsse ich den eigens übergezogenen Schleier des Unbewussten darüber ein wenig lüften, da die prekäre Situation es verlangte. So suche ich an einem gänzlich anderen Ort, in einer ärmlichen Hütte aus einer längst abgelebten Zeit, in der ich von klein auf mit Ängsten, aufgrund von Glaubensüberzeugungen, erzogen wurde, die eine Ecke neben der Feuerstelle auf, die ich damals wohl als Schlupfloch zur Hölle sah. Und tatsächlich schlüpfte dort heraus das personifizierte Abbild meines damaligen Teufels. Mit Abstand und Respekt stand ich ihm nun als die Person eines Wesens, für die dieses Thema eigentlich kein Thema mehr war, fragend gegenüber. Auch er schüttelte den Kopf und konnte mir, ebenfalls ratlos über die atmosphärischen Vorgänge, nur versichern, dass dies mit seiner Hölle nichts zu tun hätte. Ergebnislos kehrte ich daraufhin zurück in die vier Wände jener Welt, von der die Traumreise durch die verschiedenen Symbolorte begann, und von dort direkt ins Aufwachen, um mir einerseits den Kopf darüber zu zermartern und andererseits nichts mehr damit zu tun haben zu wollen.

Mittlerweile hatte das Gewitter sich ausgetobt. Es hatte aufgehört zu regnen und als wir unsere Köpfe aus dem Unterschlupf in die nun anbrechende Nacht herausstrecken, sehen wir über uns einen klaren Sternenhimmel. „Ygge, irgendwie werde ich dieses unterschwellige Schuldgefühl nicht los, irgendwo etwas richtig böse verpatzt zu haben und nun auf der Suche nach einer Lösung, besser der Erlösung davon, zu sein." „Schuna! Das sind Träume! Du sprichst darüber, als ob du dort tatsächlich leben würdest!" „Ygge, was ist denn ‚träumen'? Wo sind wir, wenn wir ‚träumen'?" „Das fragst du ausgerechnet jemanden, der abends die Augen schließt und sich morgens an nichts erinnert." Beide schauen wir in die Weite über uns zu den Lichtpunkten. Sterne, die uns eine Wahrheit veranschaulichen, vor der wir Ehrfurcht empfinden, vor der wir nicht verleugnen können, dass es da draußen viel mehr als uns gibt. „Schuna, wenn jemand nach innen geht, sich von allen guten Geistern verlassen fühlt, dann ist das, egal durch was auch immer ausgelöst, eine Verstimmung.

Würde ich darunter leiden, käme ich zu dir. Du bist jemand, der genügend Verständnis besitzt, sich in andere hineinversetzen kann und das obendrein noch mit Humor und Leichtigkeit."

„Ygge, ich meine, kannst du dir vorstellen, dass es uns irgendwo da draußen", zeige ich in den schwarzen Nachthimmel, „noch einmal gibt? Dass wir ahnungslos noch andere Leben führen?"

„Nein, ich denke, wir leben jetzt und hier, ahnungslos um das Davor, Danach und Drumherum. Und ich denke, alles hat einen Sinn. Selbst die Unwissenheit darüber." „Aber beim Träumen sind wir in der Lage, in die Situationen eines anderen Jetzt und Hier einzutauchen. Klar sind wir hier in diesem Leben verankert. Doch Nacht für Nacht ist der Schlaf wie das Einholen dieses Ankers und das Träumen wie ein Auswerfen in andere Gewässer. Wir tauchen irgendwo als jemand ganz anderes auf und kennen dort auch nur dieses einzige Leben, sind den dortigen Situationen ausgesetzt, als gäbe es uns nur so und nur dort. Und vielleicht träumen wir dort von hier." „Schuna! Warum schweifst du in das große Unbekannte ab? Warum kümmerst du dich nicht um das Nahestehende, das Offensichtliche? Es war nicht dein Schulgebäude, sondern das deines Ichs, von dem du geträumt hast. Klar, aber grundsätzlich doch ein Ort, an dem etwas gelehrt oder, wie in diesem Fall, etwas veranschaulicht werden musste. Du wolltest nach außen, aber nur ein Weg war begehbar und das war der Weg ins Innere. Dort war dein Ich, von dem du träumtest, scheinbar hilflos unangenehmen Strömungen ausgesetzt. Dass es hierbei ganz allein war, kann schon verdeutlichen, dass es für diese Misere auch alleine verantwortlich sein könnte. Aber es könnte auch bedeuten, dass es die Lösung nur in sich selbst findet. Weißt du noch, was du unserer Amam geraten hast, als sie Nacht für Nacht diesen schrecklichen Traum hatte, in dem unser Apa starb?" „Ja, ich riet ihr, vorm Schlafengehen den Traum noch einmal durchzugehen und ihn währenddessen ganz bewusst zu verändern."

„Genau! Im Prinzip hast du sie daran erinnert, dass sie die Herrin ihrer Träume ist."

„Nein, ich riet es ihr, weil es aus meiner Sicht so wirkte als sei dieses Traumereignis so heftig traurig für Amam gewesen, dass sie sich nicht davon lösen konnte. Verstehst du? Im Traum war es tatsächlich geschehen und unsere Amam plötzlich mittendrin. Ich dachte, in Sicherheit, also wach, und während unser Apa, ihr Ilipo, neben ihr sehr lebendig schnarcht, kann sie sich mit weniger Angst und Schrecken damit auseinandersetzen und sich so ihren Lösungsweg basteln." „Siehst du! Und dir wird im Traum sogar ein Lösungsvorschlag bereitgestellt. Du bist Du, ob nun im Traum, in jener Welt oder wach bei uns. Und dass dort in deinem Schultraum ein Wischeimer steht, ist sowas von typisch Du! Also nimm jetzt den Eimer und den Lappen und fang an, sauber zu machen. Wisch die Strömungen weg. Hilf deinem Selbst, dir selbst, so wie du es für jemand anderen auch tun würdest, und das ohne groß zu fragen warum, wieso, weshalb."

Meine Nase und die Füße sind eiskalt. Der Rücken beklagt sich über die harte Unterlage. Der Schlafsack ist klamm und auf der feucht beschlagenen Plane darüber bilden sich kleine Rinnsale. Für alles gibt es eine optimale Zeit. Die für das Übernachten im Freien beginnt wahrscheinlich erst in einigen Wochen. Ein dringendes Bedürfnis zwingt mich, den Schlafsack, der meinen Körper zwar nicht warm hält, zumindest aber vor dem totalen Auskühlen bewahren konnte, zu öffnen und aus dem Mooshäuschen zu kriechen. In der morgendlichen Kälte ist mein Atem sichtbar. An sich ist es ein wunderschöner, klarer, sonniger Morgen, wie ich ihn nur zu gerne mag. Doch heute, schmuddelig und durchgefroren, weiß ich zumindest den Luxus jener Morgen zu schätzen, die nach einer Nacht im warmen, weichen Bett beginnen.

Wieder zurück hüpfe ich noch etwas auf der Stelle und hoffe, dass die Bewegung mir die Kälte aus den Gliedern schüttelt, und schlüpfe dann leise durch den Höhleneingang. Ygge und Inar, zu einer Einheit zusammengekuschelt und bis über die Köpfe in einem Daunensack versunken, schlafen wie die Murmeltiere. Kauernd ziehe ich meine kalte, aber trockene Jacke aus dem Rucksack und beschließe, mich einige Runden warm zu rennen. Mein Magen schmerzt und während ich laufe, spüre ich immer wieder sein Brummeln. Erneut zurück vor dem Einschlupf unseres Nachtlagers knurrt er so laut, als erbose er sich über zu wenig Beachtung. Beim Hineinkriechen in unsere Höhle empfängt mich ein winziger Hauch Wärme und die freudig hechelnde Inar. Ygge hat es in meiner kurzen Abwesenheit fertig gebracht, unserer Unterkunft ihre Häuslichkeit einzuverleiben. Das Gepäck steht abmarschbereit aufgeräumt in Reih und Glied und Ygge hockt vor dem Spirituskocher, auf dem der kleine Blechtopf mit etwas Suppenähnlichem dampft: unser Frühstück. „Iss' du zuerst. Wir haben nur diesen Topf und einen Löffel. Ich hoffe, es schmeckt ein bisschen nach Wurstsuppe", sagt sie, während sie umrührt. „Du bist ein Schatz!" Ich hocke mich auf meinen akkurat gepackten Rucksack und wärme meine Hände an diesem herrlich heißen, kleinen Töpfchen. „Wie hast du geschlafen?", fragt sie mich. „Seit Langem nicht mehr so gut, außer dass es verdammt hart und kalt war, kann ich mich an nichts erinnern." „Das klingt verdammt normal und gut", stellt Ygge fest. Gierig schlürfe ich die Hälfte der Suppe, reiche Topf und Löffel an meine großartige Schwester weiter und spüre, wie mein halbwegs warm gefüllter Bauch das Wanderleben ein wenig angenehmer macht.

– 11 –

„Ich liebe es, wenn die Sonne scheint", sagt Ygge und es ist der erste Satz, der nach unserem Aufbruch gesprochen wird. Den Buchenwald haben wir bereits hinter uns gelassen und ebenso den letzten Anstieg der „Schwarzen Wand". Hier oben aus der Ferne öffnet sich das Panorama sanfter Hügel. Als wären wir Riesen, als könnten wir eine Hand ausstrecken und über die grüne Decke dieser unzähligen, winzigen Baumwipfel streichen. Wie herrlich mag es sein, jetzt die Schwingen auszubreiten, sich fallen zu lassen und von den Lüften getragen darüber zu gleiten. Ich würde einen Schrei loslassen, wie der des Milans. Und mein wunderschöner Milanenfreiheitsschrei würde diese wunderschöne Stille aus den Tälern unter mir durchbrechen. Mit geschlossenen Augen strecke ich mein Gesicht dem warmen Sonnenball entgegen, der uns jetzt landeinwärts begrüßt, und schrumpfe aus meiner Fantasie zurück auf den Boden in das Menschlein, das inmitten der lichter stehenden Baumriesen kraftlos hinter seinem unerbittlich voranstapfenden Schwestermenschen herzieht. Schwer und marionettengleich, an unsichtbaren Fäden hängend, heben und senken sich meine Knie und setzen einen Fuß vor den anderen. Tatsächlich wird auch diese kleine Erschöpfung überwunden sein. Wie auch all die anderen zuvor. Sie dürfen nur nicht zu viel Beachtung finden. Der Aufstieg wäre geschafft, die Bäume werden kleiner und ich denke an Apa, seine Späße, mit denen er uns aufmuntern wird, und an Essen. Mann, hab ich einen Bärenhunger. Die heutige Wegstrecke dürfte am Mittag geschafft sein und ich bin absolut nicht böse drum. „Diese verwilderte Obstplantage fand ich immer gruselig", erinnert sich Ygge an früher. „Sag bloß?" So unterschiedlich färben Empfindungen unsere gemeinsamen Erinnerungen. Für mich beginnt hier der idyllischste Ort, den man sich nur vorstellen kann.

Jeder Baum, jeder abgebrochene Ast, jedes Gebüsch, jeder Grashalm, jede Brennnessel, all der wilde Wuchs, der sich hier schon immer, jedenfalls soweit wir denken können, frei entfaltet, gehört zu der Geborgenheit, in der wir aufgewachsen sind. Hier sind wir herumgestromert. Hier hatten unsere Kindheitsfantasien beim Spiel freien Lauf. Am Rande der Plantage ist der Trampelpfad, der sich schlängelnd durch ein kleines, dichtes Nadelwäldchen zog, nur noch zu erahnen. Die Bäumchen sind Bäume geworden und die Lücken zwischen ihren Stämmen geben das Blinkern des Lichts, welches sich auf den seichten Wellen des Teiches dahinter spiegelt, frei. Der Pfad führt weiter, links um den See herum, auf dem, wie eh und je, der alte, krächzende Ruderkahn am Steg baumelt. Hinter dem Schilfgras vor dem weiß gekalkten Haus hat sich ein fremdes Kätzchen gemütlich auf der roten Gartenbank eingerollt. Die Tür daneben ist, auch wie immer schon, weit geöffnet. „Amam!", Ygges tollpatschiges Gebrüll nach unserer Mutter stört meinen stillen Paradiesgenuss. Während ich immer noch am Rand des Wäldchens stehe, all die nostalgischen Empfindungen aufsauge, die dieser Ort beim Betrachten in sich birgt, lässt sich Inar gerade zu Wasser und steht bis zum Bauch im kühlen Nass, sodass das köstliche Quell ihr ohne mühsames Bücken beim Schlabbern von selbst auf die Zunge läuft. Ygge, längst durch die Hintertür ins Haus gepoltert, ruft erneut: „Amam! Apa! Wir sind's." Hier ist unser Zuhause, an dem wir wahrscheinlich immer die Kinder bleiben, die wir waren.

- 12 -

„Und, schmeckt mein Essen?" Zufrieden schaut uns Apa, der neben dem Herd sitzt und mit der Kelle im Topf seiner „speziellen" Gemüsesuppe herumrührt, dabei zu, wie wir gierig einen Teller nach dem anderen leer löffeln.

„Ich nehme noch 'nen Schöpfer." Ich reiche meinen leeren Teller zu ihm hinüber. Die Küche ist so klein, dass am Tisch gerade mal drei Personen Platz haben. Deshalb saß unser Apa, so lange wir denken können, schon immer neben dem Herd, wo er seinen Teller mit der einen Hand dicht unter sein Kinn hält, um mit der anderen das Essen in seinen Mund zu balancieren. Und jedes Mal geht ihm dabei etwas daneben, sodass sein Pullover nach keiner warmen Mahlzeit unbekleckert blieb. Und jedes Mal schimpfte unsere Amam, die eigentlich, soweit wir denken können, nichts lieber macht als Wäsche waschen, über die Flecken und die Wäsche, die er ihr bescherte. „Auch noch eine?", fragt er Ygge. Sie nickt. Erfreut über unseren Appetit, das wohl größte Kompliment an seine Kochkünste, schöpft Apa zwei volle Kellen auf ihren Teller. „Als hätte er gewusst, dass ihr heute hier auftaucht. Und ich hab noch mit ihm geschimpft, was er denn den riesigen Familientopf aufsetzen muss." Während unserer Abfütterung hat Amam ihren Beobachtungsposten in der Tür bezogen. „Möchtet ihr noch Brot?", fragt Apa. „Nein, ich glaube, ich platze gleich. Danke!", sage ich und Ygge, ein echter Schnellesser, lehnt sich zurück in die Stuhllehne und streckt ihr Rückgrat, damit die Suppe genügend Platz finden kann. Amam, sichtlich erfreut über unser spontanes Auftauchen und geplagt von ihrer Neugier, kann nicht warten, bis auch mein Teller leer ist. „Ihr habt uns immer noch nicht erzählt, welchem Umstand wir euren Besuch verdanken. Ist denn alles in Ordnung bei euch daheim?" So ist sie. Immer muss etwas dahinter stecken!

Dabei ist es gar nicht so ungewöhnlich, dass wir unsere Eltern besuchen. Eigentlich sind wir sogar recht oft hier oben. Aber Ygge ohne Begleitung ihrer Familie, das kommt so gut wie nie vor. Auch ich komme meistens mit Yasmin oder wir machen uns alle zusammen auf den Weg. Aber nur Ygge und nur ich, da wittert unsere Amam keine guten Neuigkeiten. „Frag nicht mich." Ygge, die immer noch träge rücklings über ihrem Stuhl hängt, nickt lässig mit ihrem Kopf zu mir hinüber. Als wäre es unmöglich, diesem Hause der Kindheit und Jugend je entwachsen zu können, fühle ich mich, als hätten wir etwas ausgefressen. Inar währenddessen legt ihren Oberkörper quer über Apas Oberschenkel, brummt, bis sie in dieser eigentlich recht unbequemen Lage Entspannung findet und Apa sie automatisch zu kraulen beginnt. „Schmeiß das Schoßhündchen runter, wenn es dir zu schwer wird.", schelte ich, indem ich ihn darauf hinweise, dass er sich durchaus von den komischen Eigenarten unseres Hundes befreien darf. Mit einem amüsierten Lächeln tätschelt er ihr den Kopf. „Meine

Alte!" Verständnisvoll bringt er zum Ausdruck, dass die Zuneigung auf Gegenseitigkeit beruht. „Ja, ja, unsere Schuna ist ein alter Pfeifendeckel!", redet er belustigt mit seiner Hundefreundin, während er ihr mit seinen großen Pranken fest und im gleichbleibenden Takt den Rücken streichelt. So, als würde ich nicht unmittelbar vor den beiden sitzen, und wie zur Bestätigung hebt Inar ihren Kopf, dreht ihn kurz in meine Richtung, um ihn anschließend an seinen Bauch zu schmiegen. Apa lacht. „Ich kenne keinen Hund, der so menschlich ist." „Nun lass doch mal den Hund!", schaltet sich Amam vorwurfsvoll und ungeduldig ein „Nun lass Schuna endlich mal erzählen!", wendet sie sich mir zu. Ich muss überlegen, wie ich meinen – für das Verständnis unserer Eltern plötzlichen – Aufbruch passend formulieren könnte. „Sie plagen Albträume. Schlafstörungen.", wirft Ygge ein paar Brocken hinüber und während ich immer noch nachdenke, setzt sie ein: „Schuna ist einer plötzlichen Eingebung gefolgt. Auf und davon. Pilgerreise sozusagen", hintenan.

So dargestellt ist mir die von meiner Schwester vorweggenommene Antwort meinen Eltern gegenüber etwas peinlich. „Ich musste auch mal raus. Aber keine Sorge, unseren Männern haben wir Nachricht, jede Menge Arbeit und Kinder hinterlassen", muss sie hemmungslos noch einen oben drauf setzen. Als hätte Ygge es beabsichtigt, setzt bei unserer Mutter sofort die Wirkung ein: „Ihr reißt von Zuhause aus wegen Träumen? Und wisst noch nicht einmal, wohin ihr wollt?", fängt Amam an, sich zu echauffieren, wendet sich an Apa und fordert seinen Zuspruch: „Ilipo! Sag du mal was! Das ist doch nicht normal!" Apa sieht es mit Gelassenheit und einem erinnerungsverhangenen Blick in eigene Jugendjahre: „Wenn mein Kreuz mitspielen würde und ich nicht so viel im Garten zu tun hätte, würde ich mitkommen", spricht er zu dem Hund, als wäre Amam ebenfalls nicht im Raum. Nach kurzer Überlegung beschließt Amam: „Morgen werde ich mich zu euren bedauernswerten Familien aufmachen und schauen, ob sie Hilfe benötigen. Ich pack' mir vorsichtshalber ein paar Sachen mehr ein, für den

Fall, dass ich einige Tage bleiben muss. Einquartieren werde ich mich bei Kird. Der hat eh Näharbeiten für mich." So plant sie laut, wie sie die Welt ihrer Kinder wieder mal in Ordnung bringen und retten kann. „Mensch, Amam, jetzt übertreib mal nicht. Du tust ja gerade so, als hätten wir vor, nie wieder zurückzukehren", wendet Ygge ein. Ich sage nichts, denn eigentlich bin ich ganz froh darüber, dass Amam im Haus am Wäldchen und über den Ställen bei den Zwillingsmühlen nach dem Rechten schauen würde. Es beruhigt mein schlechtes Gewissen. „Mach das", pflichtet Apa seiner Frau bei. „Bring mir von Kird Sossen mit. Ach ja, und grüß' meinen Freund Oki! Er soll Bescheid geben, wenn er mit dem Anbau beginnt.", fallen ihm gleich noch ein paar Aufträge ein. Und mir kommt der Verdacht, dass er die Aussicht auf ein paar Tage ohne Amam ganz nett finden würde. Nun erkundigt er sich bei Ygge über Thalie, Attak und Inib. Es vergnügt ihn immer zu hören, was unsere Jungs so treiben. Das letzte Mal trafen die jungen und die alten Jungs zum Schmelzefest im Örtchen zusammen. Beim Aushecken ihrer Streiche war Jung von Alt nicht zu unterscheiden. Drei lange Tage hatten sie so viel Spaß, dass Inib den dritten Nachmittag fix und fertig aufs Sofa sackte und bis zum nächsten Morgen tief und fest durchschlief. Auch Apa musste sich ganz schön übernommen haben. Wie ich von Amam erfuhr, plagte ihn sein Ischias die darauffolgende Woche so sehr, dass unser sonst so gut gelaunter Ilipo fluchend durch die Gegend humpelte und nichts so richtig anpacken konnte, geschweige denn fertigbrachte. „Was macht eigentlich dein Kreuz?", frage ich ihn gleich mal. „Ich hatte großes Glück. Mein Freund war in unserer Gegend. Keine Ahnung, wie der Kerl das macht, aber ich konnte mich tagelang kaum rühren und habe es vor Schmerzen nicht mehr ausgehalten und der zieht und zerrt an mir und beschimpft mich mörderisch dabei und prompt fühlt sich mein Rückgrat an wie neu. Er meinte, wenn ich nicht so stur und verklemmt wäre, könnte ich meine Rückengeister auch selbst beschwichtigen. Naja, 'ne kleine Meise hat der Kerl. Diesmal hat er mir eine Salbe dagelassen. Ich sage euch, das

Zeug brennt wie Zunder. Aber gut! Hilft bei Muskelbeschwerden und für müde Beine nimmt er sie auch selbst. Nehmt euch davon ruhig mal was mit!" In mir macht sich jedes Mal Skepsis und vielleicht sogar etwas Argwohn breit, wenn Apa über seinen mysteriösen Wanderheiler redet. „Danke, aber behalte du mal besser deine Feuersalbe. Ich finde den eigenartig, deinen Freund. Hat der eigentlich einen Namen? Und außerdem habe ich den noch nie gesehen. Du, Ygge?" Sie schüttelt den Kopf und murmelt: „In Sachen Heilung solltest du besser Nirak vertrauen." „Ach …", Apa kratzt sich am Kopf, „ich vergesse jedes Mal, wie er heißt. Ach … mir liegt es auf der Zunge …" „Kannst du ihn eigentlich auch aufsuchen, wenn dir etwas fehlt? Wo wohnt der Hexer?", möchte ich wissen. „Tja", sagt unser Apa Ilipo und grinst verlegen, „das ist so eine Sache. Früher oder später taucht er immer im richtigen Moment auf. Letztens hab ich zu eurer Amam gesagt, wenn sich der Esier nicht bald blicken lässt, werde ich noch verrückt vor Schmerzen. Ha! Esier heißt er, ja, Esier Essorg." Nun mischt sich Ygge ein: „Also weißt du!" Besorgt stellt sie fest, dass das nicht gerade sehr zuverlässig klingt, was er uns da auftischt und rät ihm das nächste Mal, wenn er Beschwerden hat, Nirak damit zu behelligen. Unsere Amam Ischona bekräftigt diesen Vorschlag: „Genau! Dasselbe sage ich ihm auch ständig. Aber du weißt ja, wie das mit eurem Apa und seinen speziellen Freunden ist." „Dennoch interessant finde ich schon, was Apa über diesen Esier erzählt", rutscht es plötzlich, trotz allem Argwohn aus mir heraus und sofort werde ich mit bösen Blicken meiner großen Schwester bestraft. „Du wieder!", zischt sie. „Ischona, Ygge und Schuna, heute Abend grillen wir! Was haltet ihr davon?", lenkt Apa das Gespräch von seinem Helfer in der Not zu den angenehmeren Dingen. Fragend blicke ich Ygge an. „Klar grillen wir heute Abend. Und jetzt machst du in der Küche Ordnung und ich helfe Amam beim Packen", sagt sie. „… Und instruierst sie, was Oki, Thalie und Attak betrifft?", entgegne ich spitz. Kann es mir nicht verkneifen. „Ja, ja, hast mich durchschaut", schwirrt sie davon.

„Ygge, ich habe Oki gefunden! Und es gibt dort Dabny noch!", poltere ich die schmale Treppe herunter. Die Tür zur Küche steht offen. Apa und Ygge bereiten bereits wie üblich das Frühstück vor. Gedämpfte Geräusche klappernden Geschirrs und leiser Stimmen drangen bis zu mir nach oben. Dazu die durchs Haus ziehenden Gerüche von frisch gebrühtem Kaffee und gebackenem Brot und das Vogelgezwitscher der Morgendämmerung durch das weit offenstehende Fenster. Wie könnte man es nicht lieben, so aufzuwachen? Doch ich habe keine Zeit, das alles zu genießen. Mit einem Kribbeln im Bauch kann ich es kaum erwarten, meiner Schwester meine nächtliche Entdeckung kundzutun. „Wo?" Ygge hält inne, lässt das Brotmesser sinken und schaut mich an. „Bei Attak zu Besuch. Er und Thalie, äh, sie müssen gerade in das kleine, gemütliche Haus gezogen sein, von dem ich dir erzählt habe. In dem sie als Mutter und Tochter wohnen und Thalies, äh, ihrem Freund. In einer Gegend, die dem Örtchen in einigen Dingen ähnelt. Ich war dort und Oki auch. Er hat ihr gerade den Fußboden verlegt. Genauso fleißig, wie wir ihn kennen. Nur sieht er total anders aus." „Wie anders?" „Hm, schwer zu beschreiben. Unser Oki hier gefällt mir besser und außerdem gehört er dort nicht zur Familie." „Was redet ihr da für einen Blödsinn?", mischt sich Apa ein. „Schuna träumt seit Längerem von einer Welt, in der wir alle etwas anders sind", erklärt Ygge. „Willst du die Dabny-Geschichte hören?" Ich brenne darauf, sie ihr zu erzählen. Zumal es absolut interessant ist, wie sich die Dabny-Geschichte jener Welt mit unserer Dabny-Geschichte ergänzt. „Oh man", verdreht meine Große die Augen und winkt ab, „das ist doch jetzt nun schon acht Jahre her." „Eben!", rufe ich und kann kaum glauben, dass sie es so abtut und überhaupt nicht scharf darauf ist, zu hören, was ich herausgefunden habe. „Also, jener Dort-fußbodenverlegende-Oki erzählte mir, dass ihm vor acht Jahren, als er eines Nachts nach Hause ging, ein Betrunkener mit einem Hund über den Weg lief. Weil er mitbekam, wie mies dieser Kerl das arme Tier behandelte, sprach er ihn darauf an. Der Typ meinte, Oki solle den Köter doch mitnehmen, wenn er es besser wüsste, und drückte Oki die Leine in die Hand. Du musst wissen, in jener Welt tragen die Hunde Halsbänder, an denen die Menschen ihre Leinen befestigen, um sie führen zu können, damit die Hunde nicht weglaufen." „Gemein!" empört sich Ygge. „Oki lehnte ab, gab die Leine dem Betrunkenen zurück und ging nach Hause. Dieser bemitleidenswerte Hund, dieses Erlebnis, ging ihm jedoch nicht mehr aus dem Kopf. Sein Gewissen, dem Tier nicht geholfen zu haben, plagte ihn. Und weißt du was? Dein lieber Oki hat sich auf die Suche gemacht. Und du kannst mir glauben, bei den Umständen jener Welt war diese Unternehmung in etwa wie die Suche nach der Nadel im Heuhaufen. Doch er wurde fündig. Dass Dabnys Herrchen nichts mehr wusste über jenes Geschenk, welches er Oki in jener Nacht bescheren wollte, machte die Sache etwas komplizierter. Aber dein Oki blieb hartnäckig und letztendlich verkaufte jene Familie, die mit Hundewesen umzugehen nicht imstande war, das gequälte Tier an Oki. Seitdem lebt Dabny bei ihm in jener anderen Welt. Oki erzählte mir, dass er es bedauere, wegen seiner langen Arbeitstage wenig Zeit für ausgedehnte Spaziergänge mit Dabny zu haben. Aber ich denke, Dabny liebt sein Herrchen und hat es sehr gut bei ihm, auch wenn er oft lange auf ihn warten muss." Dass Dabny auch Oki absolut zum richtigen Zeitpunkt gut tat, da der sich gerade von seiner dortigen Lebensgefährtin trennte, lasse ich weg. Denn auch darüber hat er sich nach der Dabny-Geschichte voller Kummer geäußert. Oki und eine andere Frau, das würde meiner Schwester nicht gefallen. Auch nicht in anderen Welten. Und als habe sie gerade meine Gedanken lesen können, fragt sie prompt: „Sind wir dort ein Paar?" „Nein, Oki lebt allein ...", ist nicht mal gelogen „... wie du auch. Ihr seid befreundet. Mehr nicht." „Hm", ist alles, was sie hierzu zu sagen hat. Und bedauert hierbei wahrscheinlich nur ihre beiden ledigen Umstände. „Mensch, Ygge, ist das nicht total spannend? Ihr habt Dabny vor acht Jahren verloren und es immer bereut. Euch Sorgen gemacht, wie es dem Hund ergangen sein mag, ihn jedoch nie wieder gefunden. Und dort in jener Welt hat Oki ihn gefunden und aus einem Gefühl heraus diesen fremden Hund unbedingt zu sich nehmen wollen. Obendrein ist Dabny Dabny. Er hat weder einen anderen Namen noch ein anderes Aussehen. Das ist, als wäre er aus unserer Welt herausgenommen und in jene hineingesteckt worden. Er lebt dort und es geht ihm gut." Fasziniert warte ich, dass der Funke auf Ygge überspringt. „Ich bin mir nicht ganz sicher, ob ich alles so verstehe, wie du es meinst. Du redest über deine Träume wie vom gestrigen Tag. Klar, es ist schon spannend und macht mich auch neugierig. Aber es sind Träume. Du sagst, Attak und Thalie sind umgezogen. Du beschreibst es als bessere Wohngegend. Also wendet sich doch mittlerweile in deiner ungesunden Traumwelt einiges zum Besseren. So scheint es doch allein zu genügen, dass du dort dabei warst und dein Traumgeschehen, oder Dort-Ich-Geschehen, beeinflusst hast. Vielleicht ist es ja wirklich so einfach. Da könntest du doch heute mit mir und Ischona Amam mit nach Hause kommen? Wenn du aber meinst, du müsstest für die Lösung deiner Traumprobleme noch weiter gehen, meine Güte, dann lauf halt noch ein paar Tage weiter durch die Gegend. Bauchschmerzen bereitet mir nur, dass du über diesen Familiendoppellebenwahnsinn sprichst, als wäre es die Realität. Ich habe echt langsam Angst, dass du dich da in etwas verirrst!"

Ygge hatte gestern beschlossen, Amam zu begleiten und heimzufahren. Wenigstens die Nacht über zu bleiben und früh beizeiten weiterzuziehen, dazu mussten sie mich nicht lange überreden. Sie werden, Amam zuliebe, das Gefährt nehmen und auf den Ortewegen über Resnene, den Nachbarort, fahren. Ygge mag die Resnener nicht sonderlich. Ihre Gebräuche unterscheiden sich in mancher Hinsicht von denen unserer Örtler. Aber Amam gibt nichts darauf. Sie nennt es das „An den Haaren herbeigezogene Geschwätz" manchen Örtlers, der sich der Überzeugung hingibt, Resnener wären rückständige, verrohte Menschen. Sie hilft des Öfteren bei befreundeten Familien in Resnene aus und macht jedem bei passender Gelegenheit klar, dass man sich ruhig mal die Mühe machen kann, Resnener Kultur kennenzulernen, ehe man sich in abfälligen Redensarten ereifert. Sie glaubt, dass einige bescheidene Örtler doch wohl nur aus Unwissenheit und Ängstlichkeit dem Fremden gegenüber solche boshaften, zum Teil erfundenen Geschichten verbreiten.

$$- 14 -$$

Meine Beine laufen, laufen, laufen. Mein Geist hält mit der Geschwindigkeit Schritt. In Gedanken bin ich bei meinen Kindern. Sie fehlen mir. Ich denke an Inibs letztes Spiel. Seine Mannschaft hatte verloren. Es tat mir leid für sie, aber ganz besonders für ihn. Nun standen er und seine Freunde noch auf der Wiese. Ich nahm an, sie würden auswerten, woran es gelegen haben musste und wollte dazustoßen, um tröstenden Beistand zu leisten. Doch als ich mich der Gruppe näherte, noch abseits und unbemerkt, blieb ich stehen, denn was ich bereits von hier beobachten konnte, erfüllte mich voller Stolz und gefiel mir außerordentlich gut. Zwar war ich zu weit entfernt, um das Gesprochene zu verstehen, aber dennoch konnte ich erkennen, wie Inib, weder niedergeschlagen noch verärgert, es äußerst geschickt verstand, die anderen aufzumuntern. Dort stand er, mein Sohn, aufgeschlossen, ruhig und besonnen, inmitten seiner Freunde. Wie sie ihn ansahen und ihm zuhörten! So erlebte ich, und nahm vielleicht dort das allererste Mal wahr, wie reif, wie erwachsen er doch schon geworden ist. Ganz gewiss brauchten er und seine Freunde jetzt keinen mütterlichen Beistand. Da stand ich nun und blickte in die Anfänge einer kommenden Zeit, in der ich immer weniger gebraucht werden würde, und hätte ich es sonst bedauert, hier erwies sich das Gegenteil. Mein Herz lief fast über vor Glück. Ich wünschte mir, dieser Augenblick möge Ewigkeiten dauern. Doch just entdeckten mich fast gleichzeitig Inan Thalie und seine Freundin Feso, die mit im Kreise standen und nun Inib auf mich aufmerksam machten. Ich nickte etwas verlegen zu ihnen hinüber und wollte gerade kehrtmachen, da winkten sie mir zu, und wie ich an der Mine meines Sohnes erkennen konnte, kam ich erstaunlicherweise gerade recht, was in letzter Zeit nicht allzu häufig der Fall war. „Amam, ist es in Ordnung, wenn wir, also meine Mannschaft, heute bei uns essen?" Er fragt immer, obwohl er weiß, dass ich mich über solche Vorhaben freue und seine Freunde immer herzlich willkommen sind. „Wer kocht?", fragte ich. „Wir?", formulierte er langgezogen seine kurze Antwort als Frage, so als würde er damit gleichzeitig antworten und fragen, ob dies die richtige Antwort sei, auf die er wiederum nie eine Antwort erwartete, und das mit diesem typischen Grinsen im Gesicht, aus dem ich noch nicht so recht schlau geworden bin. Ist es Verlegenheit oder Amüsement? Vielleicht aber auch, weil aus seiner Sicht viele meiner Fragen völlig überflüssig sind? Jedenfalls war ich noch so sehr überwältigt vom Schlüsselerlebnis, dass ich mich äußerst zurückhalten musste, ihn nicht hier und jetzt zu umarmen. Wo er doch solche Liebkosungen, erst recht vor seinen Freunden, seit Kurzem nicht ausstehen konnte. Und vertröste mich, wie so oft, mit der Aussicht auf kommende Zeiten. Die Amos im Ort sagen, die großen Jungs kommen alle zurück und nehmen ihre Amam in ihre Arme, sobald sie pubertäre Schamgefühle hinter sich gelassen hätten.

„Amam, Amam, wann baut der Apa endlich die Brücke in unseren Garten?", springen meine Gedanken über zu Yasmin. Diese komische Frage sprudelte vor längerer Zeit aus ihrem flinken Mündchen. Unser Töchterchen ist mit einer derart großen Fantasie ausgestattet, dass wir manchmal Probleme haben, ihr zu folgen. Wir hatten weder vor, eine Brücke zu errichten, noch jemals über irgendeine Brücke gesprochen. Um Yasmin zu verstehen, tastete ich mich vorsichtig heran: „Wofür brauchen wir denn eine Brücke?" „Na, um über den Teich zu kommen." „Meinst du den Bach unten im Tal?", fragte ich weiter, denn dieser ist das nächste und einzige Gewässer hinter unserem Haus. „Nein! Über den Teich!" Deutlich bekräftigte Yasmin ihre vorherige Antwort. „Yasmin, wir haben keinen Teich. Vielleicht hast du davon geträumt?", war meine Vermutung. ... Wie vom Donner gerührt bleibe ich stehen.

Diese Erinnerung katapultiert mich in das Hier und Jetzt. Mein Herz rast. Die Brücke und der Teich! Das kann nicht sein! Das ist völlig absurd! Kaum wage ich, Parallelen zu ziehen. Der Traum, in dem Inar ein Rüde war, da schaute ich durch dieses kleine Fenster hinunter in einen Garten, auf eine Brücke über einen Teich. Wenn Yasmin nun damals genau diese Brücke ... Nein! Ich möchte das nicht denken. Ich weiß nicht warum, aber ich sträube mich dagegen. „Schluss jetzt damit!", befehle ich mir selbst. Wachgerüttelt bemerke ich, wie schwer das Gepäck geworden ist. Mir zieht es in den Waden und meine Hüfte ist starr, als wäre sie eingerostet. Mitten im Nadelwald eröffnet sich vor mir eine Lichtung. Umsäumt von einem Schutzwall hoher Weißtannen mit dünnen, weißgrauen, kahlen Stämmen, zwischen die sich ihre kleinen Sprösslinge drängen, noch bedeckt vom dichten, bis zum Boden reichenden Nadelkleid. Baumfamilien rings um einen dunkelgrünen Teppich, übersät mit den weißen Blüten der Buschwindröschen. Beim Betreten dieser Lichtung ist mir, als gäbe der Wald einen kleinen Geheimtipp preis. Als wäre man der staunende Gast in seinem Landschaftsspiel. Inmitten dieses Blumenmeeres sacke ich nieder, streife die Gurte vom Rücken, öffne die Schnürsenkel meiner Schuhe, lehne mich zurück an meine Kraxe und lasse mich gern zur Rast einladen. Eine angenehme Schwere bemächtigt sich meines Körpers und ich möchte mich ihr so gern ergeben, denn es scheint unmöglich, dass ich hier je wieder hochkomme. Nur eine Sorge schleicht sich in dieses unwiderstehliche Gehenlassen. Wo bleibt Inar? Mein Hund hat sich schon etliche Zeit nicht mehr bei mir blicken lassen. Noch ehe sich meine Vorstellungskraft in diese Sorge verwickeln kann, weicht jeder trübe Gedanke in der Friedlichkeit dieses Ortes auf. Die Verkrampfungen fließen aus meinen Schultern und beruhigend rede ich mir ein, dass Inar eine erfahrene Rumtreiberin ist, und auch wenn sie etwas Interessantem nachgeht, meinen Umkreis nicht verlassen und sicherlich gleich wieder auftauchen wird. Meine Lider werden schwer, die Müdigkeit übermannt mich und nun ergebe ich mich ihr. „Mein Gott, ist dieser Himmel schön", verliere ich mich in dem all dieses überspannenden Blau, der Klarheit dort oben.

- 15 -

Die eigenen Schluchzer wecken mich. Ich spüre, wie mir die Tränen über die Wangen in meine Ohren laufen. Es ist dunkel und mir ist kalt. Keinesfalls erleichtert mich, dass das Geschehen, in welches ich soeben eingebunden war, wieder einmal nur ein Traum im Dort gewesen ist. Meine Inar ist immer noch nicht hier. Voller Sorge wiederholen sich die Schauplätze, Gesichter, gesprochenen Sätze, der ganze Jammer der Hilflosigkeit, dem ich soeben im Traum ausgeliefert war. Aber vor allem verfolgen mich die weit aufgerissenen, um Hilfe flehenden Augen meines vor Schmerz gekrümmten Hundes. Im Traum hatte ich ihn guten Gewissens zu Hause gelassen, um einige Besorgungen zu machen, und als ich zurückkam, noch während ich in die Einfahrt bog, sah ich schon, dass mit ihm irgendetwas nicht stimmte. Sein Bauch war zum Bersten aufgebläht und fühlte sich hart wie ein Lederball an. Mit zitternden Händen hoben Inib und ich ihn ins dortige Gefährt. Inib informierte über einen dieser seltsamen, kleinen Kästen den Tierheilkundler und ich fuhr zügig dorthin, während ich jede Bodenwelle, jede Kurve, die ganze Strecke verfluchte, die ich meinem Hund qualvoll aussetzen musste, damit er schnell Hilfe bekam. Endlich dort angekommen, musste ich ihn herausheben und wieder zusätzlichen Schmerz bereiten. „Ein Magendreher, ich rufe in der Tierklinik an, tut mir leid. Sie bereiten dort alles vor. Wenn ihr dort ankommt, geht direkt durch in das Behandlungszimmer." Wieder eine längere Fahrt, wieder kaum vorstellbare Schmerzen für meinen armen, alten Hund. Ich fuhr unter äußerster Anspannung und bangte, dass er durchhalten möge, und die Fahrt kam mir unerträglich lang vor. Aber endlich, wir kamen an, und während er für die Operation vorbereitet wurde, erklärte man mir das Vorgehen. Sein Bauch würde aufgeschnitten, um den Magen wieder in richtige Position zu bringen, und auch der Magen müsste aufgeschnitten werden, um zu sehen, dass das Gewebe noch nicht abgestorben wäre. Für den Fall, dass keine Hoffnung mehr bestünde, würde man mich hinzurufen, um bei der Entscheidung, ihn nicht wieder aus der Narkose aufzuwecken und sterben lassen zu dürfen, dabei zu sein. Weinend verbrachte ich im Wartebereich die Stunden, in denen ich ihm gedanklich für seine Treue und bedingungslose Liebe dankte. Sein ganzes altruistisches Hundewesen. Und ich bat ihn, frei zu sein. Frei in der Entscheidung zu gehen, wenn dies jetzt der Zeitpunkt wäre. So sehr es mir auch in der Seele weh tat.

Inar! Verdammt! Wo steckst du? Die Beklemmungen, Inar in dieser Dunkelheit irgendwo hier draußen zu wissen, Inar, die in Not geraten ist und dringend Hilfe benötigt, verstärken sich so sehr, dass sie keine anderen Möglichkeiten mehr zulassen und jeden Augenblick drohen, in Wahrheit umzuschlagen. Ich gebe mir bereits jetzt schon alle Schuld an diesem Unglück. Und diese massive Machtlosigkeit meiner Situation, die Ungewissheit über Inars Verbleiben und ihr nicht helfen zu können, macht mich fertig. „Inar!", schreit es, wie von fremder Stimme aus meiner Kehle. Nochmal lauter und diesmal ganz meine Stimme, wie eine Explosion meiner Angst: „Inar!" Lausche in das Schwarz, das umzingelnde Dunkel des Waldes hinein. Was vor meinem Einschlafen wie ein Schutz wirkte, hatte sich zu etwas Bedrohlichem verwandelt, und die friedliche Idylle dieser Lichtung hatte das kalte Mondlicht ins Grau getaucht. Ich spitze die Ohren. Da ist nur unheimliche Stille in diesem Schwarz, so dumpf wie eine Taubheit im Gehör. Mein kräftiger Pfiff gellt dort hinein und diesmal durchdringt der Widerhall das Frontale und erneut lausche ich. Doch es kommt nichts heraus. Kein Winseln, kein Bellen, kein kläglicher Laut. Meine arme Inar! Dieser Wall ist totenstill, als gäbe es dahinter keine Bewohner. „Meine Inar! Ich kann es nicht ertragen!", weinend spreche ich mit dem sterbenden Hund in meinem Kopf und innerlich winsele und bettele ich, dass das hier alles nicht wahr sein darf. „Sie ist dort." Erschrocken, wie vom Blitz getroffen, fahre ich herum, in die Richtung, aus der ich die fremde Stimme vernahm. Mein Herz springt mir vor Angst fast aus der Brust. In der Finsternis meine ich am Waldrand eine Gestalt wahrzunehmen. Ich kann mich aber auch täuschen. Es ist einfach zu düster, um dort etwas zu erkennen. Ich möchte nicht glauben, dass ich dieses „dort" so verstanden habe, dass es sich um die Welt in meinem Traum handelt. „Dort?", frage ich und ergänze, „Wo dort?", obwohl ich mir sicher bin, dass meine Gedanken, selbst das Gesprochene hinter den Worten, welches meine Nachfrage als unnötig enttarnt und meine Intuition als unsicher darstellt, nicht verborgen sind, und es beschämt mich. Doch noch größer ist das Bedürfnis und der Wunsch, meinem Hund zu helfen. „Dort" ist sein Bauch aufgebläht wie ein Ballon, er leidet furchtbare Schmerzen, keiner weiß, ob er es überleben wird und ich stehe hier herum und fürchte mich vor der Dunkelheit, aus der keine Antwort kommt. Tränen schießen aus meinen Augen und die Wut packt mich. „Was soll das? Sie ist dort? Und sonst nichts? Das war doch nur ein blöder Traum!", schreie ich in den Wald hinein. Ich möchte nicht, dass Inar in der Dort-Welt ist, und meine ganze Seele schreit danach, ihr beizustehen. Ohne zu überlegen renne ich auf die Waldfront zu und springe in das Schwarz hinein. Der letzte Faden irgendeiner Wahrnehmung löst sich von mir. Bis ich etwas Weiches, Warmes, Anschmiegsames spüre und der Ohnmacht wieder einmal das Erwachen folgt. Die späte Nachmittagssonne scheint mir ins Gesicht, meine Arme umschlingen ein dicht an mich gepresstes Fellbündel. „Meine alte Freundin! Ich bin so dumm! War alles wieder und wieder nur Träumerei."

– 16 –

„Weißt du, Inar, ich werde das Gefühl nicht los, dass der Traum etwas Gutes hatte. Vielleicht war ich zu einfältig, um es zu sehen. Egal, auf dem Rückweg machen wir einen großen Bogen um diese Lichtung." Könnte ich doch bloß mit jemandem darüber reden. Inar bleibt in Sichtweite, sei es, weil ich ein zügigeres Tempo vorgelegt habe, oder weil sie meine Besorgnis spürt. Mich ärgert, dass ich überhaupt noch einen Gedanken an diesen Traum verschwende. Inar geht es gut und sie ist quicklebendig. Hier in der Realität! Es gibt also keinen vernünftigen Grund zur Sorge. Und ich bin gerade stinksauer auf diese Fremdweltträumerei. Ich werde einfach nicht schlau daraus und mich ärgert, dass ich so verdammt fasziniert davon bin.

Eine schlammig braune Pfütze macht sich auf dem Pfad so breit, dass ich einen Moment stoppen muss, um eine Ausweichmöglichkeit auszumachen. Ganz deutlich zeichnet sich mein Spiegelbild in ihr ab. Und ich mag es heute nicht. Inar schlabbert drei-, viermal, wahrscheinlich nur aus Gewohnheit, und zerstört es sogleich. Das Spiegelbild leitet meinen Gedankenfluss in die Erinnerung an ein Gespräch mit Kird Ischrid. „Ein Spiegelbild ist schon irgendwie etwas Mysteriöses, findest du nicht auch, Kirdi? Manchmal schaust du in den Spiegel, betrachtest dich selbst, und für einen winzigen, kaum fassbaren Moment wird das gewohnte Betrachten wie ein Aufblitzen unterbrochen. Ein Aufblitzen so, als ob du jemanden anguckst, der du zwar bist, aber den du doch nicht kennst. Weißt du, was ich meine?" Wir stehen in seinem Atelier vor seinem neuesten Werk, welches verborgen unter einem Tuch vor uns steht, und ich soll die Erste sein, die es bewundern darf, und ich bin sowas von neugierig darauf. Aber er wird mich wie immer zappeln lassen und sein Ritual erbarmungslos durchziehen. Erst wird die dazugehörige Begebenheit gelüftet, dann das Tuch. Nur den Titel gab er mir auf dem Weg hierher in seine Atelierscheune schon mal preis. „Spiegelbild" heißt das neueste Gemälde. Doch plötzlich fährt mein Bruder mich an: „Du hast es schon wieder getan! Stimmt's?" Und ich weiß beim besten Willen nicht, was er damit meint. „Kannst du es nicht einfach mal abwarten? Wann begreifst du endlich, dass dein Herumschnüffeln alles verdirbt?", wirft er mir vor. Da kapiere ich, was er meint. „Ischrid, ich bin unschuldig! Ehrlich!", schwöre ich, sein Bild noch nicht gesehen zu haben. Auch nicht heimlich. „Wir sind doch keine Kinder mehr. Ich kann mittlerweile mit einer angekündigten Überraschung leben." Noch einmal durchbohrt mich sein wütender Blick und dann erhellt sich seine Miene und lässt erkennen, dass er wohl beschlossen hat, mir zu glauben. Auch wenn mich in mancherlei Hinsicht ab und zu die Ungeduld und Neugier plagt, mit der Ehrlichkeit hatte ich nie große Probleme. Das weiß er und deshalb fährt er dort fort, wo ihn unser kurzes Missverständnis unterbrochen hat: „Schuna, du musst wissen, dass ‚Er' aus meinem Gedächtnis stammt. Ich möchte ihn dir zuerst zeigen, weil die Träumerei dein Ding ist und mich ein Traum inspirierte, ihn zu malen." „Jetzt red' nicht so geschwollen daher, zieh endlich unsere alte Tischdecke runter!" Dass er immer so ein Getue um jedes seiner Malereien machen muss! Er grinst, hebt feierlich seine Stimme und genießt meine Spannung: „In jenem Traum, stand ich, Ischrid, vor einem Spiegel und habe dies", theatralisch schwenkt sein Arm in Richtung der kommenden Offenbarung, „erblickt." Nach einer kurzen, dramatischen Pause fährt er etwas lauter und immer noch gespreizt fort: „Dies Antlitz, welches sich mir hier präsentierte, erschreckte mich zutiefst. War es doch nicht mein gewohntes Selbstbildnis. Ein völlig anderes Äußeres gab vor, die Hülle Ischrids zu sein. Ischrid, als der ich mich doch zweifellos fühlte. Zog ich eine Grimasse, tat es dieser Fremde im Spiegel", mit einem Ruck riss er das Tuch vom Bild, „mir gleich." Mich schaudert es. „Den kenne ich!", rufe ich unüberlegt aus. „So?" Ischrid zieht beide Augenbrauen ungläubig nach oben. „Du bist dir sicher, dass du den kennst?", zeigt er mit dem Finger auf das Bild, an dem mein Blick haften bleiben muss. Und in mich hinein frage ich, wie es möglich sein kann. „Schuna?", schiebt Ischrid seinen Kopf zwischen die Bannung des Bildes und meinen darauf festgehefteten Blick. „Darf ich dich an meine Vorrede erinnern, der da stammt aus meinem Gedächtnis", betont er, um klarzustellen, dass ich den gar nicht kennen kann. Ich fasse es nicht, vor uns steht tatsächlich ein bildhafter Beweis meiner Hirngespinste. „Ja, Kirdi, er war mein Bruder. Das bist du", sprudelt es vor lauter Faszination wieder einfach so aus mir heraus und leitet eine Geschichte ein, über die ich bisher vor niemandem ein Wort verloren hatte. Achselzuckend und übertrieben langgezogen wiederholt Ischrid: „Jaaaa, ... das bin ich?!" Zwar hatte er mein Staunen erwartet, doch so übertrieben konnte er nichts damit anfangen. Als rede er mit einem Kleinkind, welches aus unersichtlichen Gründen in Starre verharrte, betonte er nun deutlich jedes einzelne Wort: „Und wie ich es bereits mehrfach erwähnte: In meinem Traum."

Er kann nicht wissen, dass jener Ischrid mein Bruder aus jenen Träumen war, der mit einer schweren Krankheit kämpfte und, soweit ich es mir zusammenreimen konnte, schon seit seiner frühesten Kindheit. Jener musste sich des Öfteren einer Heilmethode unterziehen, die aggressiv zerstört, was krank macht, dabei aber auch Gesundes nicht verschont. Dort ist es die Methode. Alle Anzeichen deuteten darauf hin, dass jenem Ischrid nicht mehr allzu viel Lebenszeit bleiben würde. Sollte ich ihm das erzählen? Meine Gedanken überschlagen sich. Ischrid träumt also auch von Dort. Aber gibt mir das das Recht, mal abgesehen davon, dass mich sowieso schon alle – zwar liebevoll und insgeheim – für eine seltsame Spinnerin hielten, leichtfertig auszuplaudern, was mir jener Bruder anvertraute? Dass er nicht den Sterbevorgang, jedoch was ihn nach dem Tod erwarten würde, fürchtete? Und dass ich nicht traurig sein muss, da er sich sicher sei, dass wir uns wiedersehen würden. Worauf ich erwiderte, dass es trotzdem ein Abschied sei. Da die Zeit, die wir nicht mehr mit ihm teilen könnten, lang werden würde. Was schon sehr traurig ist.

Ich kann ihm doch nicht erzählen, dass er in einem dieser Träume gestorben ist!

Und jetzt führten mich meine Gedankengänge zu diesem mulmigen Gefühl, mit dem wir die Tür zum Zimmer öffneten, hinter der wir gleich unseren Bruder das letzte Mal sehen würden. Ebenso das Bild, wie er da so friedlich lag, mit dem allerletzten, wohl größten Geschenk, das er uns je gemacht hatte, seinem verschmitzten Lächeln auf einem entspannten Gesicht. Ich war traurig, ja schon, aber auch unheimlich stolz auf meinen Bruder. Er hatte sein Leben so genommen, wie es war. Klar hatte er häufig Schmerzen, so schlimm, wie wir sie uns sicher nicht vorstellen konnten. Die durchstand er tapfer, ohne Klage, und wie ein Stehaufmännchen rappelte er sich immer wieder hoch, um die guten Tage zu genießen.

Wir sehen uns wieder, hatte er gesagt. Und Recht behalten. Hier stand er vor mir, mein Bruder. „Ach, Ischrid." Ganz fest umarmte ich ihn. Vorsichtig löste er sich aus dem für ihn unverständlichen Schwall der Gefühle, die gerade im Begriff waren, mit mir durchzugehen, und schüttelte seinen wüsten Lockenkopf. „Was ist denn bloß los mit dir, Schuna?" „Ischrid, für mich ist das eines deiner besten Bilder!", bewunderte ich ehrlich sein unfassbares Kunstwerk. Einen Arm über den Bauch verschränkt, den anderen darauf gestützt, um grübelnd das Kinn in die Hand zu legen, betrachtete er kritisch das Spiegelportrait, so realistisch scharf gemalt wie eine Fotografie. Kurz darauf war anhand seines selbstzufriedenen Lächelns zu erkennen, dass er da ganz meiner Meinung war.

Die Dämmerung kündigt bereits die bevorstehende Nacht an. Nicht mehr lange und es wird stockduster sein. Wir sind zwar auf dem Weg geblieben, aber bald werden wir die Hand vor Augen nicht mehr sehen können. Ich beschließe, so lange es möglich ist, weiterzulaufen. Das Zelt werde ich wohl nicht aufbauen. Ich werde mich in die Plane einwickeln und an den Wegrand kauern. Die nächste Ortschaft ist zu Fuß erst in zwei Tagen erreichbar und auch für den Rückweg bräuchte ich einen Tag. Es gibt also keinen anderen Plan. Zum Glück ist Inar bei mir, so graut es mir etwas weniger vor der Nacht.

Ich laufe weiter und schwenke meine Gedanken zurück in die Erinnerung an Ischrids „Spiegelbild" und plötzlich funkt mir eine Idee über den verdrängten Lichtungstraum dazwischen. Was, wenn der Inarius gestorben ist und Inar deshalb dort war? Vielleicht, um ihn in ein neues Leben, in unser Leben mitzubringen? Das wäre doch gut möglich. Hätte ich mich nicht so hysterisch benommen, hätte ich vielleicht eine aufschlussreichere Frage gestellt als: „Wo dort?" Ich ärgere mich über die verpatzte

Gelegenheit. So gesehen wäre dann ja „Dort" die Vergangenheit, beginne ich mit diesem Gedanken zu spielen. Wiederum könnte unsere Welt und auch jene Welt für jeden von uns etwas anderes sein. Für den einen Zukunft, für den anderen Vergangenheit. So betrachtet verhält es sich wie mit dem Oben und Unten im kippenden Treppenhaustraum. Diese ganze Ortungsgeschichte passt immer nur in eine Richtung. Will man darüber hinaus, stimmt es hinten und vorne nicht mehr. Kann einen ganz schön verrückt machen, darüber nachzudenken.

– 17 –

„Ich fürchte, nach der Anhöhe muss ich die Plane ausrollen", flüstere ich zu Inar, die dicht neben mir läuft. Mittlerweile ist es dunkel. Das ist die erste Nacht allein im Freien, andere Optionen sind zu weit weg. Mir bleibt nichts anderes übrig. Allein in der Dunkelheit ist es wohl immer etwas unheimlich, noch dazu, wenn man es nicht gewohnt ist, alleine zu reisen. Diese Überlegung macht mir zwar keinen Mut, aber nimmt ein wenig Gewicht von der Furcht. Ich habe es so gewollt und muss da jetzt durch und, „außerdem bin ich ja gar nicht allein, stimmt's Inar?" Mittlerweile sehe ich nicht mal mehr den Untergrund des Weges. Nur meine Füße ertasten, dass es nun wieder bergab geht. Als Inar winselt, blicke ich auf und sehe vor uns in einiger Entfernung weiter unten eine Feuerstelle brennen. Ach, wir sind also nicht allein in dieser Finsternis. So recht weiß ich nicht, ob mich das nun erleichtert. Kehre ich lieber um? Mensch, Schuna, erst beklagst du die bevorstehende Einsamkeit, und schenkt dir das Schicksal ein wenig Gesellschaft in deiner Lage, dann ist auch das wiederum mulmig für dich. Innerlich schüttle ich den Kopf über meine Unentschlossenheit. Inar nimmt mir die Entscheidung ab. Ihr Winseln ist freudig und nun wedelt sie heftig, läuft mir zwar nicht davon, aber auch schon nicht mehr neben mir her.

Umso näher wir kommen, desto deutlicher wird der gelbe Punkt dort in der Ferne zu tanzenden, rotgelben Flammen, die sich knisternd und knackend als funkenspuckende Holzscheide an einer Weggabelung entpuppen. Noch näher heran verdichten sich die Konturen zweier Schatten dahinter zu einem sitzenden Mann und einer Inar, die ihn, nun doch vorausgeeilt, heftig begrüßt, als handele es sich um einen alten Bekannten. Und hinter den beiden fällt der flackernde Lichtschein auf die Plane seines Gefährts. Inar bekommt sich gar nicht wieder ein, leckt ihm wie wild sein Gesicht ab. Ich unterdrücke mir eine Rüge über das Benehmen meines Hundes, bleibe unschlüssig vor dem Feuer stehen und schaue zu, wie der Fremde es sich wohlwollend gefallen lässt, ihr Schnaufen nachahmt und voller Wonne das Fell wuschelt. Ohne diese ausgiebige Begrüßungszeremonie zu unterbrechen und den Blick vom Hund abzuwenden, fragt er mich: „Warum so ängstlich, Schuna? Setz dich." Ganz sicher, dass es nicht so ist, frage ich: „Kennen wir uns?", verwirrt, darüber meinen Namen aus dem Munde des Fremden zu hören. Inar, mit sich, der Welt und allen Anwesenden höchst zufrieden, entspannt und lässt sich nieder. Legt ihre Vorderpfoten und den Kopf auf einen seiner Oberschenkel. Und er, die Ruhe in sich selbst, als hätte er mit unserem Eintreffen bereits gerechnet, streichelt ihren Kopf. Bis er aufblickt, ist es, als vergehe eine halbe Ewigkeit. Dachte ich, er hätte über der tiefenentspannten, innigen Zweisamkeit mit Inar meine Frage gar nicht wahrgenommen oder längst vergessen, dann schätzte ich ihn wohl etwas zu voreilig ein. „Wenn du damit meinst, ob wir uns hier schon einmal begegnet sind? Nein, sind wir nicht." Seine Stimme ist so angenehm warm wie das Feuer zwischen uns. Ohne die Kraxe abzusetzen, lasse ich mich ebenfalls im Schneidersitz nieder, starre in die züngelnden Flammen, lehne mich zurück, entspanne ein wenig und lausche dem Knistern und Knacken und möchte über seine seltsame Antwort nachdenken …

Es ist taghell. In kindlicher Ausgelassenheit springe ich die stufenweise angeordneten Sitzreihen hinab. Laufe durch einen der seitlichen Torbögen, verstecke mich dahinter, in freudiger

Erwartung gleich entdeckt zu werden. Mir gefällt das Monumentale dieses Ortes und die Klarheit der Atmosphäre, die mich darin umgibt. Freudig hopse ich wieder hinein, zurück in die Arena zu den Stufen. Hinter mir, einige Reihen weiter oben, steht er. Stumm mit ernster Miene beobachtet er mein Treiben. Doch die Wiedersehensfreude hinter seiner Strenge kann sich nicht verbergen, die spüre ich. Durchdrungen von kindlicher Wonne hier zu sein, vollkommen eingenommen davon, möchte ich gar nicht aufhören mit dem verspielten Springen. Zwei Stufen hoch und dann – hopp la hopp – drei hinunter, einzig und allein im Hier. Diese Begegnung sollte mir etwas Wichtiges mit auf den Weg geben ...

Ein Zucken befördert mich zurück ans Lagerfeuer. Ich muss wohl für einige Sekunden weggenickt sein. „Ein Amphitheater!", rutscht mir impulsiv die Bezeichnung für den Ort meines Sekundentraums heraus. Von meinem Gegenüber werde ich mit stummer, ernster, nicht verschlossener, eher vertrauter Miene betrachtet, aus der ein so felsenfestes „Ja, wir kennen uns" hervorsticht, sodass keinerlei Worte vonnöten sind. Mein Verstand ringt gegen eine enorme, sich aufbäumende, innere Wiedersehensfreude, die sich mächtig breit macht. Aber mein Verstand schämt sich für diese kindische, unlogische, innere Regung und greift eben doch zu Worten, um zu tun, wozu ein Verstand gemacht ist: verstehen zu wollen. „Wenn wir uns noch nicht begegnet sind, wie können wir uns dann kennen?" Während ich eine Klärung erwarte, stützt er sich mit dem Ellenbogen auf den Oberschenkel und legt sein Kinn in die Hand. Aus seinem müden Blick lässt sich ein gespielter Überdruss dieser Situation interpretieren. Als gäbe es wieder und wieder diesen Moment, in dem ich zu festgeklammert bin, um eine mich umgebende, retrograde Amnesie überwinden zu können. Dabei ist es doch da. Von Anfang an. Das Verbundenheitsgefühl, eingebettet in tiefstes Vertrauen, dem nach und nach Erinnerungsfetzen mit ihren verschwommenen Rändern entspringen. Sie sind wie Blicke durch die kleinen Schlüssellöcher der verborgenen Türen alter Träume. Wir laufen an den Ufern eines Flusses entlang ... Er zeigt mir einen Weg, nachdem ich mich im Wald verirrte ... Wir sehen gemeinsam auf eine zwischenmenschliche Begebenheit ... Mein Herz braucht diese Fragen nicht, doch da ich hier im Vollbesitz meiner ignoranten Wachheit hinter den verborgenen Türen stehe, warte ich auf eine umfangreiche, einleuchtende Erklärung, ein „Aha" darüber, wie wir bekannt sein können, obwohl wir uns das erste Mal begegnen.

Und dann, während ich meinem wortkargen Gastgeber nach wie vor in die Augen blicke und schon fast den Schlüssel für die Türen gefunden habe, indem ich der Möglichkeit einer Wahrhaftigkeit Berechtigung einräume, poltert es hinter dem Planwagen. „Hast du mich erschreckt! Na, wer bist du denn? Na, so ein Feinerli, ja, so ein lieber, süßer Schatz! Und du freust dich so! Na, so eine Freude! Esier Essorg, schau doch mal", eine schlanke Mädchengestalt tritt im Flackerschein des Feuers zu Tage, „was ich für einen netten Kumpel getroffen habe", so vollkommen von Inar vereinnahmt, dass sie mich gar nicht mitbekommt. „Irik vom Stamm der Etumelamen, deren Kinder Anstand und Respekt beigebracht bekommen, wir haben einen Gast!", ruft Esier Essorg, und somit endet das turbulente Wedel-Feinerli-Freudenspektakel ziemlich abrupt. Irik vom Stamme der Etumelamen kommt neugierig geworden näher. Ihre großen, hellbraunen Rehaugen schauen mich keinesfalls nur an, sie tasten mich förmlich ab. Doch von einem scheuen Reh kann bei dem Feuer in ihren Augen nicht die Rede sein. Wohl eher ein scheues Raubtier oder ein Raubreh? „Hallo, ich bin Schuna und dein Kumpel hier ist Inar, eher eine Kumpeline", begrüße ich mit allem Anstand, den mir meine Eltern vom Tregeishof hoffentlich auch beibrachten, die überraschend Aufgetauchte. Sie kommt also von den Etumelamen. Neulich hat Inan Thalie Yasmin von diesem mysteriösen Nomadenvolk erzählt. Derzeit war ich zu beschäftigt und ärgere mich jetzt umso mehr, dass ich nur beiläufig davon mitbekam. „Und du bist also *der* Esier Essorg, der, von dessen seltsamen Heilmethoden mein Apa so begeistert ist? Was für ein Zufall! Meine Geschwister und ich haben uns schon mehr als einmal gefragt, ob es dich wirklich gibt oder unser Ilipo dich nur erfunden hat, um den Gang zu Nirak hinauszuzögern." Mir ist schleierhaft, was daran so lustig ist, aber nun lacht Esier Essorg schallend und klatscht dabei mit beiden Händen auf seine Oberschenkel. „Irik, das Feuer will gefüttert werden", wendet er sich an die verstummte Etumelamin, deren Augen mich unentwegt aufsaugen. Mich würde schon sehr interessieren, was dabei in ihr vorgeht. Flink begibt sie sich hinter den Planwagen, um die Stöcke und kleinen Scheite, die ihr vorhin durch Inars Überfall aus der Kiepe gepurzelt waren, wieder einzusammeln. Nachdem sie nun einige Scheite in die Glut wirft und die Flammen wieder auflodern, brennt ihr eine Frage auf den Lippen: „Was führt dich zu uns?" „Eine Eingebung", begegne ich, ohne groß zu überlegen, ihrer Frage. Und versuche, scherzhaft zu klingen, da ich bisher bei solchen Äußerungen immer nur auf Spöttelei gestoßen bin. Doch für sie scheint es eine zufriedenstellende Antwort zu sein, wie ihr ernsthaftes Nicken bezeugt. „Vielleicht möchte Schuna mit uns über ihre Träume reden", schaltet sich Esier Essorg ein. Mich schaudert es. Zwar bin ich absolut entrüstet darüber, woher zum Teufel dieser Mann weiß, was mich beschäftigt, und doch brenne ich, es herauszulassen, wo mich doch endlich mal jemand direkt darauf anspricht. „Du musst wissen, wir haben hier eine Spezialistin auf diesem Gebiet unter uns", schmunzelt er das Rehauge an. „Lass hören", ignoriert sie seine Preisgabe, legt die Kiepe ab, setzt sich neben Esier Essorg im Schneidersitz zu uns und kommt ohne Umschweife zur Sache. Sie ist barfuß, trägt einfache Kleidung. Eine Hose und einen Pulli. Ihre kurzen, dunkelbraunen Haare sehen etwas zerzaust aus und vereinzelte Strähnen hängen ihr fransig über die Stirn. Sie ist sehr zart, strahlt aber Härte, Stärke und zugleich Verspieltheit aus. Ihr Erscheinungsbild will sich nicht so recht mit meiner Vorstellung von einem Nomadenmädchen vereinen. Und ich weiß nicht warum, aber irgendwie bin ich fasziniert von ihr. „Also schön ... Ich habe schon seit längerer Zeit Träume, die sich wie ein anderes Leben in einer anderen Welt gestalten. Ich tauche dort plötzlich auf. Wann und wo lässt sich für mich nicht erkennen und die Situationen, in denen ich lande, haben auch keine zeitliche Abfolge, kein Muster. Sie lassen sich nicht sortieren ...", und dann berichte ich von den vielen großen und kleinen, viereckigen, leuchtenden Kästen, auf denen die Menschen ständig herumtippen, die sogar sprechen können und auf denen sogar bewegte Bilder erscheinen, von den rasenden, stinkenden Gefährten, die der Enne dort so mag, deren Pedale man nur mit den Füßen antippen muss, damit sie fahren, und von dem Wasser, das magisch aus den Hähnen fließt ohne Pumpen, von dem Strom, der überall verfügbar ist, obwohl mir nirgendwo Hausstromwerke wie an unseren Häusern und Höfen aufgefallen wären, von den riesigen, mit glattem Stein überzogenen Plätzen und Wegen, von den Unmengen an Häuserdschungeln, die sich in verschiedensten Varianten so weit ausbreiten, dass man sich darin verirren kann, vom Lärm, der schlechten Luft, von dem beängstigendem Verhalten der Menschen, überhaupt der Unmengen an Menschen, die dort herumlaufen. Und ich berichte auch, dass diese Welt doch in gewisser Weise, wenn sie sie auch mehr und mehr zu verdrängen scheint, in ihrer Grundnatur mit Wäldern, Wiesen, Bergen, Tieren, Häusern und Familien der unseren ähnelt. Und dass ich mich deshalb schon oft gefragt habe, ob ich von unserer Zukunftsvision träume. Und ich bin dabei eifrig bemüht, unbekannte Abläufe oder Dinge, die es hier nicht gibt, das Fremdartige mit dem mir zur Verfügung stehenden Repertoire so gut es geht zu beschreiben. Ich berichte, wie verwirrend und faszinierend zugleich es ist, wenn ich auf die mir hier so sehr vertrauten Personen treffe, die dann dort aber manchmal zum Teil anders aussehen oder gar jemand anderes sind. Und dass ich mir Gedanken darüber gemacht habe, woran es liegen könnte, dass ich diese Träume, wie sonst üblich, tags darauf nicht vergessen kann, oder mich zumindest nicht so intensiv an sie erinnere. Dass es vielleicht mit dem miserablen, seelischen Zustand zusammenhängt, in dem ich mich dort befinde, oder besser, aus dem ich nicht herausfinde. Der so heftig ist, dass ich ihm sogar hier noch in abgespeckter Form nachempfinden kann. Die Sätze formulierten geradeheraus, was ich im Geiste noch einmal durchlief. Und nachdem einfach alles nur so aus mir herausgesprudelt war, bin ich jetzt still. Angenehm still, als hätte ich soeben schweres Gepäck abgestellt. Meine Zuhörer und ich, wir genießen gemeinsame Stille. Entspannt lehne ich meinen Kopf an meine Kraxe und blicke in den Sternenhimmel über uns. „Nun?", wendet sich Esier Essorg an Irik. „Eine Zukunftsvision! Na klar!", wiederholt sie meine Vermutung mit einem genervt spöttischen Unterton. Mehr sagt sie nicht und als die Pause zu lang wird, sodass man annehmen muss, dass von ihr nun nichts mehr kommt, hakt der Essorg nach: „Und? ..." Wieder Pause. „Willst du uns vielleicht noch ein wenig in deine Gedankengänge einweihen?" „Sie hat es doch schon erwähnt, Träume, in einem anderen Leben, einer anderen Welt." Für Irik, so kommt es mir zumindest vor, wirft mein Bericht keine Fragen auf. „Wo ist diese Welt?", frage ich in die Weiten über uns hinein. „Wo ist unsere Welt?", lautet Iriks Antwort in Form einer Frage, und ehe mir meine Frage dadurch völlig absurd erscheint, kommt sie rüber und schiebt sich zwischen mich und das Universum, tippt mir an die Stirn und sagt: „Da drin und ...", schaut nach oben, hebt dabei ihre Arme in den Sternenhimmel, um sie anschließend wie einen Fächer aufzuklappen, „somit auch da draußen." „Wenn du mir damit weismachen willst, dass es mich irgendwo dort draußen ein zweites Mal gibt, dann erkläre mir bitte auch, wie das funktionieren soll", fordere ich. Irik verdreht die Augen und schaut verzweifelt zu Esier Essorg, der amüsiert mit den Schultern zuckt. „Ja, Irik, wie soll das funktionieren?", lacht er. Irik schnaubt und fängt sich wieder. „Habt ihr ein Radio?", fragt sie mich. „Ja!?", antworte ich. „Wie viele Sender könnt ihr empfangen?" „Drei!", entgegne ich nicht ohne Stolz. Die Zwillingsmühlen können nur einen Sender empfangen. Und zwar ihren eigenen. Oki betreibt ihn in einer der Dachkammern. Seitdem er den bei seinem Kumpel im Örtchen miterlebt hatte, bastelt er zu Hause an einem eigenen. Nun sendet er, wann immer es seine Zeit erlaubt, und er ist hierbei sehr kreativ. Ygges Radio steht in der Küche und es ist immer eingeschaltet, wenn Oki auf Sendung geht. Seine Söhne, Attak und Inan, nutzen ebenfalls regelmäßig den Sender, um ihre Witze zu reißen über die neuesten Begebenheiten in der Umgebung. Ygge befürchtet zwar, dass sie sich damit unbeliebt machen könnten, aber die beiden gehen dabei so charmant vor, dass es eher gut und herzlich ankommt. Auch Kird setzt sich hin und wieder dran, um die grobschlächtigen Hirne mit schöngeistigem Material zu füttern, wie er sagt. Der Tregeishof, also Amam und Apa können Okis Sender und noch einen anderen hören. Beide aber ziemlich verrauscht. Je nach Wetterlage.

„Gut. Euer Radio empfängt drei Sendungen. Wie viele kannst du gleichzeitig hören?" „Natürlich immer nur einen", antworte ich. Muss sie mit mir reden wie mit einem Kleinkind?

„Die anderen beiden Sender sind doch aber da, während du sie nicht hören kannst?" „Na sicher." „Dann stell dir vor, du bist dieses Radio, meistens auf deinen gewohnten Sender eingestellt, aber dennoch laufen die anderen Sender gleichzeitig, und du könntest umschalten, um hin und wieder in die anderen reinzuhören. Und tue jetzt bitte nicht so, als würde dieser sehr einfache Vergleich dich zutiefst erschüttern."

„Na, na, Irik! Nicht so bissig. Ich hörte, die klugen Töchter der Etumelamen sind bekannt für ihre Sanftmut und gesegnet mit geduldigem und beherrschtem Ertragen. Keine Lust auf Reisen zu gehen? Jetzt, wo ihr weiter Weg unsere Schuna zu uns an diese Gabelung geführt hat?" „Hm, ich weiß nicht. Ist es denn notwendig, dass wir uns einmischen?" Mit einem verblüfften „Geht das denn?" platze ich dazwischen. „Du kannst in diese Welt reisen?" Skeptisch tippe ich mir an die Stirn und imitiere Iriks Sternenfächer. „Ich könnte es versuchen", reagiert sie erstaunlich selbstkritisch auf den Argwohn in meiner Stimme. „Würdest du das denn wollen?", schaut sie mich fragend an. Würde ich es wollen? Das Problem hierbei wäre wohl nicht, dass ich ihr nicht vertraue. Nein. Mein Zögern liegt wohl eher

darin, dass ich diesem Mädchen jede Menge zutraue. „Tu es!",
entscheide ich mich schnell, ehe ich es mir anders überlegen
kann. „Dann lehne dich zurück, atme durch die Nase kurz ein
und durch den Mund langsam und lang aus. Entspanne dich,
schließe die Augen, bis sich dein Geist beruhigt hat, und höre
einfach zu." Artig und willig folge ich ihrer Anweisung. Zu-
nächst bin ich etwas aufgeregt und in meinem Kopf beginnt
ein wildes Gewirbel der komischsten Gedanken, doch die At-
mung wirkt Wunder. Nach einer Weile legt sich der Sturm und
es breitet sich eine angenehme Leere über alle Sinne. Mit geschlossenen Augen lausche ich da hinein und nun ist es nicht
nur so, als hätte sich mein Gehör um ein Mehrfaches erhöht,
es fühlt sich so an, als würde es alle Geräusche mit Wonne aufnehmen. Es ist, als wäre ich voll und ganz nur Ohr. Überdeut-
lich höre ich Iriks Atem. Ihre und meine Atemzüge verschmel-
zen zu einem Rhythmus, zu einem Atem. Und dann plötzlich
und unerwartet vernehme ich Iriks Stimme. Sie ist tief, dunkel
und sehr eindringlich. Beschwörende, stark betonte Worte, in
einer mir fremden Sprache klingen wie Zauberschwüre, die als
spitze Pfeile durch mein Gehör in mich hineinzischen. Plötzlich hält sie abrupt inne. Als würde sie den Zauberbogen nun
mit keinem Pfeil mehr bestücken und ihn stattdessen absen-
ken, gehen ihre Salven dieser mystischen Sprache in einen be-
schwichtigenden, sich beruhigenden Klang über, werden leiser
und verstummen. Nun höre ich wieder Iriks Atem. Durch die
Nase ein und langsam durch den Mund aus. Hiermit schrumpft
auch der herausragende Zustand meines Gehörs, wie ich mit
etwas Bedauern feststelle, wieder zu einem normalen Körper-
gefühl inklusive gewöhnlicher Ohren.

„Du!", faucht mich Irik an. Erschrocken setze ich mich wie
aus allen Wolken gefallen aufrecht. Irik steht anklagend vor
mir. „Was? Was hast du denn plötzlich? Ich hab doch gemacht,
was du gesagt hast." Für mein Empfinden ist alles wunderbar
gelaufen und obendrein fühle ich mich total erfrischt und pu-
delwohl. „Du bist so ein Schisser!", herrscht sie mich an, dreht
sich zu Esier Essorg um, die einzige Person, aus der unser Pub-

likum besteht, und tut ihm unzufrieden und enttäuscht kund: „Es hat nicht geklappt."

„Immer der Reihe nach, mein Liebes. Ihr wart dort?"

„Ich war dort!", schnaubt Irik.

„Du warst dort. Warum hast du Schuna nicht mitgenommen?" „Damit ich dem Dort-Schuna begegnen kann, welches die Hilfe benötigt. Das Risiko, dass sich ihr Hier-Ich in den Vordergrund schiebt, war mir zu groß."

„Du bist dem Dort-Ich-Schuna begegnet?" „Dort angekommen war ich ... Naja egal, dort in ihrem Haus angekommen schlief sie, ihr Bewusstsein war jedoch wach und so konnte ich es wie vorgesehen wunderbar erreichen. Doch anstatt meine Worte einfach nur zuzulassen, stürzte ihr misstrauischer Geist von der Angst gepackt aus dem Zimmer. Dabei hat sie nicht bemerkt, dass nur ihr Geist unterwegs ist. Nicht einmal, als das Licht nicht anging, während sie den Schalter mehrmals hastig betätigte."

„Was, verdammt nochmal, hat der Lichtschalter damit zu tun?", rede ich dazwischen, weil ich ihr nicht ganz folgen kann.

„Wenn das Licht nicht angehen will, ist entweder die Glühbirne kaputt oder dein Körper, der alle Voraussetzungen erfüllt, einen Schalter zu betätigen, liegt noch schön gemütlich im Bett." Und wie Esier das sagt, muss ich an Attak denken, der in eben dieser Art antworten kann.

„Ich folge ihr mit meinem Geist", fährt Irik fort, „und sie denkt natürlich, ich verfolge sie", verdreht sie nun die Augen. „Trotzdem ist sie noch neugierig genug, um sich umzudrehen, um den ,schrecklich bösen Zauberer' zu sehen, der hinter ihr her ist. Mit einer ganz normalen Mädchengestalt", zeigt sie nun auf sich, „hat sie nicht gerechnet. Dieser kurze Moment, in dem sie da perplex vor mir steht ... Sie hätte sich besinnen können und wahrnehmen, dass nichts Bedrohliches vonstattengeht. Ich wollte sie gerade ansprechen, zögere jedoch, da mir eine Sache recht merkwürdig vorkam ... egal. Als ich ansetze, mit ihr zu reden, da dreht sie sich um und flüchtet die Stufen hoch, geradewegs ins Aufwachen, und fort war sie. Das war der einzige Moment, in dem ich dein Schuna-Hier-Ich doch ganz gut gebraucht hätte, es hätte mich wenigstens erkannt. Mensch!", ärgert sich Irik immer noch sehr.

„Erzähle uns von der Merkwürdigkeit, mein Liebes." Mit seiner Besonnenheit schafft es Esier Essorg, dass sie etwas weniger aufgebracht erzählt, worüber sie vorhin hinweggefegt war.

„Das Schuna-Dort-Ich kam mir älter vor, als ich dem Schuna-Hier-Ich nach erwartet hätte. Verdammt! Na klar!", scheint ihr etwas aufzugehen. „Deshalb bin ich in dem Hund aufgewacht!"

„Inar war auch da?", frage ich erstaunt.

„Nein, es war nicht Inar."

„Dazu musst du wissen, dass Inar dort nicht die Inar ist", zeige ich auf das eingerollt schlafende Fellbündel neben uns. „Sie ist dort ein Inarius, ein Rüde", trage ich nun auch zur Aufklärung bei.

„Nein, es war weder Inar noch Inarius. Eine große, wuschelige Hündin, wie es sie bei uns, den Etumelamen, gibt. Na sicher! Ich muss bei einem späteren Dort-Ich-Schuna gelandet sein, eines, das die Ereignisse, die sie ihrer Kräfte beraubten, längst hinter sich gelassen, ich meine, abgelegt hat." Irik grübelt.

Esier Essorg lacht. „Da hat euch die Zeit, in die die Ereignisse fallen, ein Schnippchen geschlagen. Meine Liebe, die Parallelen entscheiden, wohin es geht! Ein Hund! Was für eine Erfahrung!" Wieder lacht er, diesmal schallend, und klatscht sich dabei auf die Schenkel.

Und ich dachte, sie habe sich vorhin versprochen, als sie sagte, sie sei in einem Hund aufgewacht.

„Ich finde das nicht lustig", empört sich Irik.

„Sei nicht enttäuscht, meine Irik. Du hast die Worte ausgesprochen und sie sind bei Schuna angekommen."

„Kein Wort habe ich von dieser seltsamen Sprache verstanden", gebe ich zu bedenken.

„Du brauchst die Ursprache nicht verstehen, damit du sie aufnimmst. Sie entfaltet ihre Wirkung nicht über den Verstand", klärt Irik mich auf.

„Schuna hat eine weite Wegstrecke hinter sich gebracht und an unserem Feuer etwas sehr Kostbares gefunden: Dich, mein

Schatz. Dieses Ereignis fügt sich in jener Zeit ähnlich ein. Es spiegelt sich. Auch dort lernt sie dich gerade kennen. Nachdem sie, wie du bereits erwähntest, die betreffenden Ereignisse hinter sich gelassen hat", fährt Esier Irik zugewandt fort.

„Als Hund!", schnaubt sie abwertend. „Sie wird mich an die Leine nehmen", knirscht Irik mit den Zähnen.

– 18 –

Wir treffen in der Allee auf eine Nachbarshündin. Sie fletscht die Zähne und gibt meinem kleinen Hundemädchen zu verstehen, dass es sich trollen soll, wenn es keinen Ärger möchte. So eine Situation hatten wir bisher noch nicht. Meine Junghündin startet keinen Zweitversuch, sich bei der stolzen Nachbarshündin vorzustellen. Sie sucht sich in zehn Metern Abstand zu uns zwischen den Bäumen ein Plätzchen, auf dem sie sich niederlässt, mit dem Kopf zwischen den Vorderpfoten. Ihre Geste signalisiert „Okay, okay, schau mal, ich ziehe mich zurück und mach mich ganz klein", sodass es sogar für uns Menschen eindeutig zu interpretieren ist. „Sie ist eine Diva", entschuldigt das Herrchen das Verhalten seines Hundes. Muss er aber nicht, ich finde es in Ordnung und total interessant. Seine Hündin akzeptiert den Abstand und wartet, wie auch meine, nun ganz gelassen unsere Plauderei ab.

Mein Hundemädchen, ich bin so entzückt von dir! Jeder Tag unserer Spaziergänge offenbart Stück für Stück etwas von deinem Wesen. Momentan sind es besonders die Situationen, die wir ähnlich schon einmal erlebt haben, in denen ich mir mittlerweile absolut sicher bin, dich zu kennen und zu wissen, wie mein Junghund damit umgehen wird, doch du probierst dich immer wieder neu aus und erstaunst mich mit andersartigen Strategien deiner Raffinesse. Außerdem ist so viel Wünschenswertes von ganz alleine bei dir vorhanden. Das möchte ich erhalten, und dennoch werden wir um konsequente Regeln, die in unserer Umgebung notwendig sind, nicht herumkommen.

Der Nachbar erkundigt sich, ob wir uns schon entschieden haben. Ja, das haben wir, vor zwei Monaten, das Schicksal jedoch bereits bei der ersten Begegnung.

Vor zwei Monaten und zwei Wochen erzählte uns unsere Tochter von einem Welpen, der unter schlimmen Umständen lebt und dessen Besitzer ihn eigentlich loswerden wollte. Eines schönen Nachmittags brachte sie diesen Hund einfach mit. Batsch! Da war er. So süß und drollig mit allen Anzeichen, das aus ihr ein ziemlich großer Hund mit dementsprechenden Kräften werden würde. Und natürlich will meine Tochter sich immer um den Hund kümmern. Zu jeder Tages- und Nachtzeit Gassi gehen, ihn versorgen und pflegen, ihm alles beibringen und mit ihm spielen, immer für ihn da sein und ihn überallhin mitnehmen. Ihre Überredungskunst malte in den schönsten Farben, wie toll das alles wird. Und wie herzlos wir wären, würden wir dieses Hundebaby nicht aufnehmen. Ich entgegnete mit einem Erfahrungsbericht aus den Zeiten unseres nun schon vor neun Jahren verstorbenen Familienhundes. Jedoch konnte dieser dem rosaroten Wolkenschloss auch keinen anderen Anstrich verpassen. So drehte sich unsere Diskussion wie ein Karussell im Kreis. Wer uns schließlich zur Probewoche anhielt, weiß ich nicht mehr. Jedenfalls war es ein guter Vorschlag, um sich alle Optionen offenzuhalten. Doch schon nach dem ersten Abend mit Hund war mir klar, die Probewoche war vielleicht doch keine so gute Idee. Sie wird die Entscheidung noch schwieriger machen. Nach einer Woche war die Entscheidung so schwer für mich, dass wir noch eine Probewoche dranhängten. Meine Tochter tat sich da einfacher. Trotz der riesigen Pfützen und Häufchen, die der Welpe in ihr rosarotes Schloss setzte, obwohl wir uns im Drei-Stunden-Rhythmus mit Gassigehen abwechselten und ich sie wirklich erbarmungslos zu jeder Tages- und Nachtzeit hierbei einband, wenn auch der enorme Spielbedarf eine Jugendliche überstrapazierte, obgleich sie ständig hinterher sein musste, da er in seiner unersättlichen Fressneugier neben Essbarem auch Verpackungen oder Gegenstände nicht verschmähte, obzwar ich mit Hund und Leine in der Tür stand, wenn sie sich mit Freunden treffen wollte. Meine Tochter blieb bei ihrer Entscheidung, die sie schon vor der Probewoche gefällt hatte.

Und auch ich musste mir eingestehen, dass ich diesen Vierbeiner schon nach den ersten Stunden unserer Bekanntschaft, nicht mehr weggeben konnte. Inzwischen hatte ich mich über die Rasse belesen, was nicht gerade die Zuversicht darin bestärkte, tauglich für die beschriebenen Anforderungen zu sein, und Zweifel aufkommen ließ, da sich der zukünftige Alltag mit Hund voraussichtlich nun mal so gestalten würde, dass ich diejenige sein werde, die die meiste Zeit mit dem neuen Familienmitglied verbringt.

Es wird ein herausfordernder Pfad, auf den ich mich mit dir begebe. Aber wenn wir beide uns aufeinander verlassen können und die Freude, die wir miteinander haben, bleibt, dann wird schon alles gut gehen.

– 1̡ –

Zucke zusammen. Wieder hat mich der Sekundenschlaf übermannt. „... Du meinst, ich unterschätze ihre Fähigkeiten? ...", höre ich Irik und, „Nein, ihre Kraft. Pscht." Esier legt den Zeigefinger über den Mund. Irgendetwas sagt mir, dass ich gerade eine interessante Diskussion über mich verpasst habe. Beide schauen mich an. Irik mit nachdenklicher und Esier mit väterlicher Mine.

„Meint ihr, ich könnte auch dorthin reisen?", wage ich zweifelnd in Erwägung zu ziehen. „Machst du das nicht schon ständig?!" Dieses Mädchen! Irgendwie weiß ich sie nicht einzuschätzen. Sie beobachtet mit einer Ausstrahlung sanfter Gelassenheit, welche fast übergangslos in blitzartige Angriffslust überspringen kann. „Schau, Irik, etwas so auszudrücken, dass andere verstehen, wie ich es meine, fällt mir nicht immer leicht. In meinen Träumen bin ich dort, ja. Aber kann ich es so wie du? Dort auftauchen?" Ich mag das Mädchen sehr und das gibt meiner

Stimme einen weichen, versöhnenden Klang, während ich zu ihr spreche. „Mit welcher Absicht?", begegnet sie meinem Vorhaben mit einer Härte in ihrer Stimme, die klarstellt, dass meine Antwort entscheidend sein wird. „Ich möchte die Dort-Schuna daran erinnern, dass sie aus einer Familie stammt, die aus Leid und Freude Liebe erfahren hat. Und dass keinerlei Umstände diese Familie je daran hinderte, das Beste daraus zu machen. Wir wissen, dass sie es schaffen wird! Daran möchte ich sie erinnern." Mitfühlend nickt Esier: „Sicher möchtest du das Schuna." „Sie hat es immer noch nicht begriffen!", schüttelt Irik den Kopf. „So funktioniert es nicht."

„Meine Sonne, meinst du, Schuna kann zu sich auf Reisen gehen?", sagt Esier, als hätte er mit dieser Frage bei Irik einen Hebel umgestellt und als wäre ihr eingefallen, dass diese Frage der Erkenntnis gleichkommt, auf die sie beide schon gewartet hatten.

Und während ich immer noch wie üblich auf der Leitung sitze und nicht weiß, wie ich es alleine bewerkstelligt bekommen könnte, ruft sie mir begeistert zu: „Natürlich kannst du es!"

Ich denke laut nach, damit die beiden beim Schmieden meiner Pläne sicherheitshalber eingreifen können. „Esier, du sagtest, die Parallelen entscheiden, wohin es geht ..., es gibt einen Raum ... und ich habe da so ein Gefühl ..., derselbe im Hier und im Dort. Ein Gefühl, dass in ihm etwas begonnen hat. Ein guter Landeplatz dort könnte doch der Zeitpunkt sein, der entschieden hat, dass ich den Pfad zu den Ereignissen betreten habe. Nur wie kann es gehen?" Ich bringe es nicht zusammen und irgendwo ist immer ein Haken.

Irik schaut lächelnd zu Esier. Seine Antwort erwartend hält sie sich zurück. Ruhig und mit wohlüberlegten Worten antwortet mir Esier: „Diesen Raum zu wählen ist eine hervorragende Idee, meine Schuna. Suche die Empfindung, die du in deinen Träumen in ihm hattest. Entspanne dich und gleite auf dieser Empfindung hinüber. Du wirst den Wechsel spüren, bleibe entspannt und lasse es bewusst zu." Fragend wende ich meinen Blick zu Irik. Sie nimmt mein Gesicht in ihre Hände, drückt mir einen

Kuss auf die Stirn: „Es gibt keinen Haken. Es ist deine Art zu reisen." Sie lacht über mein verdutztes Gesicht. Esier nickt zufrieden. „Und wenn es der falsche Zeitraum ist? Zu weit in der Vergangenheit? Was tue ich dann?" „Schuna, die Zeit gleicht einem Garten. Warum nicht in die Beete der Vergangenheit neue Ereignisse für Trost und Hoffnung pflanzen? Die Erinnerungen werden zu gegebener Zeit ernten, was gebraucht wird."

„Na dann ... beginne ich jetzt" Ich lehne mich zurück an das Rückenpolster meiner Kraxe, um mich zu entspannen. Nachdem ich an diesem Feuer jetzt schon zweimal kurz eingenickt bin, spüre ich eine Übermüdung. Hätte ich geglaubt, dieser Umstand wäre hinderlich, sollte ich, nachdem ich ein- und langsam tief ausatmete, überrascht sein.

– 20 –

Ich wache auf. Höre Geräusche im Schlafzimmer. Oder ist es draußen im Flur? Stehe auf und laufe auf leisen Zehenspitzen langsam zur Tür. Lausche. Nichts. Habe ich mich getäuscht? Auf einmal spüre ich von hinten eine Hand auf meiner Schulter und schrecke zusammen. Drehe mich um. Zwei spitzbübisch grinsende Kinder sehen mich triumphierend an. „Ihr habt mich ganz schön erschreckt!", schimpfe ich erleichtert. Die beiden finden diese Situation äußerst komisch und lachen über mich. Ich weiß nicht warum, aber nun finde ich uns in diesen Versionen, in denen wir hier stehen, auch recht amüsant. „Meine beiden!", schmunzle ich und weiß, dass wir uns nicht nur vielfältig kennen, sondern auch sehr nahestehen. Ich weiß, wer die beiden sind und weiß es nicht. Beides gleichzeitig. Dieser Augenblick, ihre heimliche Überraschung, ist durch eine gefühlsmäßige Klarheit der Mission ausgefüllt und deshalb stellt sich mir, die es weiß und nicht weiß, auch keine Frage. Es sind einfach nur „meine beiden". Sie müssen durch die Terrassentür gekommen sein, so viel steht fest. Gemeinsam haben sie mir etwas Wichtiges mitzuteilen, aber nicht hier drinnen, draußen auf dem Balkon. Ich trete also hinaus und vor mir erstreckt sich taghell mein Zaubertal mit all seiner grünen Pracht. Mittendurch murmelt der Bach, so wie er es zu allen Zeiten schon immer getan hat. Es bedarf so gut wie keine Hürden des Verstandes zu überwinden. Im Gegenteil. Er tut es dem Herzen gleich. Der Verstand öffnet sich in diesem und in jenem Leben. Eine Öffnung, hinter der es keine Zweifel mehr gibt. Es ist möglich. Ich bin nur Ich in diesem Raum, in dem mir alles so vertraut ist, das Bett, die Tapete, der Schrank, die Tür zum Balkon, genau wie das Leben, das ich hier und auch dort führe. Erstaunt und mit Freude nehme ich an, was mir hier ermöglicht wird. Eine Entdeckung, die mich mit Euphorie durchströmt und die sich so überaus befreiend anfühlt.

So genieße ich den gewohnten, geliebten Anblick meiner Welt, aus der ich hierher gekommen bin, und gleichzeitig staune ich über den andersartigen, aber idyllischen Ausblick, der sich mir hier zu Hause aus Perspektive des anderen Lebens bietet. Ich erlebe wahrhaftig zwei Betrachtungsweisen gleichzeitig und möchte so gern mehr davon. Doch dann, als sei mir nur dieser kurze Einblick gewährt, ranken sich rings um die Brüstung ganz sanft Pflanzen empor und verbergen die Sicht. Wieder zurück im Zimmer, im Dämmerlicht der Nacht, genießen wir drei noch einen Augenblick. Ich freue mich so sehr über diesen überraschenden Besuch meiner beiden. Unsere Begegnung, dadurch hervorgerufen und zustande gekommen, weil ich hier etwas erleben werde, das in irgendeiner Zukunft bereits passiert ist. Alles ist offen. Doch die Vermutung liegt nahe, dass ich darauf zusteuern werde. Sie kennen mich, meine beiden.

– 21 –

„Amam, wach auf! Alle sind da! Es gibt eine Überraschung! Du musst schnell mit runterkommen!" „Wie ...?", fahre ich erschrocken auf. „Komm schon Amam!" „Ja, ja, ich brauch noch einen

kurzen Moment. Ich komme gleich.", beruhige ich den wildge-
wordenen Handfeger, der rings um mein Bett hüpft. „Na gut,
dann gehe ich schon mal wieder runter", ruft Yasmin, bereits
auf der Treppe, mir zu.

Benommen sitze ich auf meinem Bett inmitten des Raumes,
der mir so vertraut ist. Durch die weit geöffneten Flügel der Bal-
kontür wehen eine frische Brise und die Stimmen meiner Familie herein. Es ist taghell, die Sonne scheint und eigentlich kann
es gar nicht sein, aber: Hier sitze ich nun. Überwältigt von einem Wunder. Auf überraschend unerklärliche Weise zurückgekehrt von einer Reise. Ich hatte weder geschlafen, noch geträumt. Diese Verleugnung wäre ein Verrat. „Irik", flüstere ich
und schmunzle, weil ich mir jetzt ihr Gesicht vorstelle, während ich eine brandneue Erkenntnis auf diesem Wege zu ihr
schicke. „Es ist möglich. Ich habe zwei Radiosender gleichzeitig empfangen und GLEICHZEITIG GEHÖRT." Aber vielleicht
wussten die beiden Schlitzohren es schon ohnehin. Euphori-
siert würde ich jetzt liebend gern die Treppe hinunterstürzen
und es allen erzählen.

All meine Liebsten in dieses Wunder einladen. Jedoch macht
es einen großen Unterschied, eine verrückte Geschichte zu erleben oder von einer berichtet zu bekommen. Diese verflixte
Trennwand wirkt wie ein Dämpfer, der es unmöglich macht,
ein Wunder zu teilen. Und selbst wenn jemand ehrlich glaubt,
dass es wahr ist und nicht nur in meinem Kopf passierte, wäre
es nur, aber immerhin, ein Glaube.

- 22 -

Yasmin jagt wie eine Wilde durch den Garten. Verfolgt und ein-
gekreist von Attak Aschurak, Inan Thalie und Inib Nivram. Das
ganze Theater wird begleitet vom Gebell der beiden Hunde Nod-
di, Kirds Liebling, und Inar. „Jetzt haben wir dich, Nervensäge",
lässt Inib mit gruseliger Stimme verlauten. Die kleine Nervensä-

ge bleibt wie angewurzelt und mit vor Furcht aufgerissenen Augen stehen. „Schnappt sie euch!", erklingt Attaks Siegesruf. „Du weißt, was kleinen Dummbatzen nun bevorsteht?" Inibs gehässiges Grinsen lässt Yasmin das Schlimmste befürchten. „Nein, Inib, bitte nicht. Inan Thalie, du musst mir helfen. Nicht kopfüber! ..." Doch noch während sie um Gnade fleht, ist es schon passiert. Inib hebt seine Schwester an den Knöcheln verkehrtherum nach oben. Diese kreischt ohrenbetäubend und in glaszersplitternden Tönen, das keiner mehr auch nur ein Wort versteht. Besorgt eilt ihr Ischona Amo zu Hilfe und schreitet in das Treiben ihrer Enkel ein. „Lasst mir das Kind ganz!", ruft sie. Wieder mit beiden Füßen auf festem Boden und in Sicherheit der Umarmung ihrer Großmutter, ertönt die kleine Nervensäge: „Wartet nur, wenn meine Cousine da ist, dann könnt ihr was erleben!" Über die wütende Gebärde Yasmins müssen die Jungs herzlich lachen und Inan Thalie verwuschelt ihr noch kräftig die Haare auf dem hochroten Kopf, bevor sich die drei jetzt abwenden und hinüber zur Scheune schlendern, in der die großen Jungs Oki, Ilipo, Kird und Enne gerade das Gefährt mit neuester, besserer Übersetzung bewundern. Das Schnellste, das Enne je umgebaut hat.

„Du hättest gern Verstärkung, das kann ich gut verstehen. Ich auch. Aber was machen wir, wenn es wieder ein Junge wird?", fragt Ygge Yasmin. „Dann mach ich kopfüber mit dem Burschen." Yasmin streichelt den noch flachen Bauch ihrer Tante und schwirrt ab zu Imli, die sich grasend an den frischen Halmen der Wiese ergötzt. Mit kleinen Kinderhändchen den großen schwarzen, kauenden Kopf gestreichelt zu bekommen, gefällt der sanftmütigen Riesin. „Weißt du noch, Imli, als du noch klein und dünn warst und Beine wie Stöckchen hattest, da hat dir Attak das Leben gerettet", beginnt Yasmin Imli an eine Geschichte zu erinnern, die sich vor ihrer Zeit ereignete, jedoch sehr bewegte, als sie sie zu hören bekam. Attak war damals mit seinem Kurs auf dem Rinderhof nahe des Örtchens untergebracht, als Imli geboren wurde. Die Mutterkuh wollte ihr Kalb nicht so richtig annehmen und als dieses den zweiten Tag immer noch nicht aufstehen konnte, da nahm Attak es kurzerhand mit zu den Zwillingsmühlen und packte sie in Yttis Stall. Die kommenden Wochen sorgte sich unser großer Attak so hingebungsvoll um das aufgegebene Kälbchen, wie die weichherzigste Mutterkuh der ganzen Welt. So ist er, unser Attak. Äußerlich ein großer, vor Kraft strotzender junger Bursche mit harter Schale, in dem ein weiches, sanftmütiges Herz schlägt. Damals dachten wir alle, dass Imli niemals durchkommen würde, und machten uns große Sorgen, wie Attak das verkraften würde. Auch Imli musste gespürt haben, dass sie das dem einzigen Menschen, der fest an sie glaubte, nicht antun konnte und beschloss, zu leben. Das war wohl das Schlüsselerlebnis für seine anschließende Wahl der Lehrzeit. Da er zu diesem Zeitpunkt schon entschlossen war, in die Fußstapfen Niraks zu treten, nahm er kurzerhand eine zweite Lehrzeit auf sich und soll nun der erste Tier- und Menschenheilkundler werden. Nicht alle Leute des Örtchens wissen es so wertzuschätzen wie wir. Aber sie werden es annehmen müssen, zumal es momentan keinen Tierheilkundler in unserer Gegend gibt und wir bei schweren Fällen den der Resnener holen müssen.

„Ygge, kannst du mir mal behilflich sein?", ruft Yasmin zu uns herüber. „Na klar", ruft Ygge. Bevor sie hinübergeht und die Kleine auf den Rücken der Imli hebt, tauschen wir noch ein Lächeln aus. Denn genauso wie Yasmin haben wir uns als Kinder auch immer auf die Rücken der Kühe gelegt.

„Ihr seid die einzige Familie, die auf einen Besuch ihre Kuh mitbringt", sage ich spöttisch. „Ja, wenn sie doch mitwollte. Die ganze letzte Woche mussten wir sie aus ihrem Stall rausschieben, damit sie mal an die frische Luft kommt. Und heute, wo sie mitbekommen hat, dass wir uns auf den Weg machen, da rennt sie uns hinterher und lässt sogar ihren Ytti alleine." Imli und Ytti, der alte charmante Ziegenbock, sind, seitdem Imli auf die Beine kam, ein recht ungewöhnliches, aber lustiges Doppelpack. „Mähäää, mähäää!" Prompt kommt ein meckernder Ytti um die Ecke. „Ihr habt komische Tiere!", spottet Ischona und wir pflichten ihr lachend bei. „Wie wär's? Lasst uns auf dem Dachboden in den Yasmin-Baby-Kisten stöbern. Vielleicht finden wir etwas, das du mitnehmen möchtest" Ich bin mir sicher, dass wir großen Mädels damit jetzt richtig Spaß hätten. „Und danach wird gefeiert. Enne, zünde den Grill an, wir haben Leckerbissen mit, nach denen ihr euch alle zehn Finger leckt", verkündet der überglückliche, zum dritten Mal werdende, Apa Oki, der sich hinter uns soeben dazugesellte. „Oh man, ich habe Dauergänsehaut vor lauter Freude", zeige ich die zu Berge stehenden Härchen auf meinen Unterarmen, während Amo und Ygge schon im Haus verschwinden.

– 23 –

Im Entenmarsch watscheln wir die schmale Treppe zu den Dachkammern hinauf. Yasmin, der auf ihrem entspannten Aussichtskuhrücken nicht entgangen ist, dass sich in der Mädchenecke etwas tut, rutscht schnell herunter und uns flink hinterher. Oben angekommen führt sie Amo zielstrebig zu den Kisten mit ihren aussortierten Spielzeugen, die sie selbst im hintersten, separat abgetrennten Kämmerchen sicher deponiert hat. Ygge und ich wollen uns der Babyausstattung widmen, die in dem Raum hinter dem Treppenaufgang lagert. Wir hangeln uns durch die Gegenstände, die vor den an die Wand gestapelten Kisten nach und nach abgestellt wurden. Ganz obendrauf liegt meine alte Kraxe. Ich strecke mich und nehme sie herunter. Während ich sie in den Händen halte und darauf starre, rutscht mir tatsächlich heraus: „Ygge, kannst du dir vorstellen, dass ich damit heute Vormittag losgezogen bin und drei Tage und drei Nächte bis vorhin unterwegs war?" Ygge verdreht die Augen: „Schwester, du bist irre!" Blitzartig fällt mir etwas ein. „Bin gleich wieder bei dir." Ich flitze wie von der Tarantel gestochen in den Keller. Und tatsächlich, hinter den Kartoffelkisten lugt ein Zipfel hervor, an dem ich meinen uralten, seit Jahren verschwundenen Wanderrucksack ans Licht ziehe. „Das nenne ich ‚irre'", jubiliere ich über den klitzekleinen Beweis eines Gesprächs mit meiner Schwester vor zwei Tagen am heutigen Vormittag. Ich stecke das alte Teil wieder hinter die Kiste und während ich nach oben sprinte, fällt mir ein Traum aus längst vergangenen Tagen ein. Jedoch ist die Erinnerung daran so frisch und klar, als wäre es gerade eben passiert.

Ich träumte von der großen Wiese hinter unserem Haus, der aus der Zeit gefallene Ort mit den Zaubereichen. Dort traf ich sie, mein Dort-Ich aus jener anderen Welt. Ich hatte meine Inar und sie ihren Inarius dabei. Während die Hunde spielend herumtollten und wir sie dabei beobachteten, kamen wir ins Plaudern. „Übrigens hat Inarius die Operation überlebt und mir noch drei Jahre geschenkt. Die innigste gemeinsame Zeit, die wir hatten." Ach, schau an! Ich bin überrascht. „Hast du schon etwas von Esier und Irik gehört?", frage ich so gut ich kann beiläufig und höre mein schlechtes Gewissen mit Iriks Stimme zischen: „So funktioniert das nicht!" „Komische Namen! Wer sind die beiden?" Ich schaue sie an. Das bin ich, entfernt zwischen Welten und Zeiten. Es ist befremdend und vertraut zugleich. „Deine beiden, aber verrate es nicht!" Ich lege den Zeigefinger über meine geschlossenen Lippen und verschwinde aus unserem Selbstgespräch.

Als ich oben ankomme, nimmt Ygge den Faden unseres Gesprächs wieder auf. „So, so, drei Tage und drei Nächte, am heutigen Vormittag." „Jawohl, und das erste Stück des Weges hast du mich begleitet."

„Vielleicht solltest du Spinnerin ein Buch darüber schreiben", meint Ygge.

„Vielleicht tue ich das sogar ... Aber in einem anderen Leben", strecke ich meiner geliebten Großen die Zunge heraus.

Die Autorin

Die Autorin ist 1972 in Jena an der Saale geboren
und lebt heute in Gera. Nach einer kaufmänni-
schen Ausbildung und anschließender Selbststän-
digkeit entschied sie sich vor etwa zwölf Jahren
für die schriftstellerische Tätigkeit. Bisherige Werke
wurden ausschließlich für private Zwecke, vorder-
gründig für den engsten familiären Kreis verfasst.
Mit Da drin und somit auch da draußen erscheint
das Debüt der Autorin erstmals für ein breites
Publikum.